ダレスティーヤ・ロムリスと申します
エルヴァリータ・シノークと申します

トゥルークの海賊 1

茅田砂胡
Sunako Kayata

C★NOVELS Fantasia

口絵・挿画　鈴木理華

1

「エルヴァリータ・シノークと申します」

自己紹介した女性はケリーに握手を求めてきた。

百九十六センチのケリーと向かい合うと頭一つ分背が低い。女性としては標準の体軀《たいく》だ。

とても二十一歳の息子がいるようには見えない、みずみずしく美しい人である。

上品で華やいだスーツと靴《くつ》がよく似合っているが、ただ一つ驚かされるのは、整った顔に化粧でも隠しきれない鮮やかな刺青《しせい》が施されていることだ。

これはトゥルークの僧侶の証である。

トゥルークの僧侶には異性に触れてはならないという厳しい戒律があるが、彼女は還俗《げんぞく》した身なので、ケリーと握手しても問題はないらしい。

「ご主人とお名前が違いますが、何か事情が？」

ケリーが尋ねると、エルヴァリータの夫のダレスティーヤ・ロムリスが答えた。

「トゥルークでは結婚後の姓は統一しても別々でもよいのです。わたしどもは別姓を選択しました」

ダレスティーヤの顔にも鮮やかな刺青がある。

この人も還俗した身なので至って普通のスーツと靴を身につけているが、真っ白な髪は現役の僧侶と同じように長く伸ばして一つに束ねている。

ケリーと握手したエルヴァリータは眼を見張り、感嘆したような息を吐いた。

「……驚きました。まさか、これほど大いなる闇《やみ》に愛されていらっしゃる方が現世におられるとは」

苦笑しながら肩をすくめたケリーだった。

先程、ダレスティーヤと握手した時にもまったく同じ感想を言われたからだ。

エルヴァリータは続いてジャスミンと握手して、やはり黒い眼を見張った。

「……すばらしい」

ちらりとケリーを見て、視線をジャスミンに戻す。

「生半《なまなか》の女性ではこの方の伴侶は到底務まるまいと思いましたが、それは奥さまも同じことなのですね。ご主人をとても愛していらっしゃる」

思わず微笑したジャスミンだった。

「よかった。あなたにまで『本当に女性ですか』と言われたらどうしようかと思いましたよ」

「夫がそう申しましたか？」

「ええ、サリース・ゴオランにも。確かにわたしはご覧の通りの大女ですが、それでもぱっと見て男か女かわからない部類ではないはずと思いますよ」

エルヴァリータは真顔で首を振った。

「ミズ・クーア。それは違います。夫もサリース・ゴオランも体格のことを言ったのではございません。二人と同じことをわたしも思いました。肉体的にもあなたは実にたくましい方ですが、あなたの魂《たましい》はそれ以上にお強い。女性とは思えないほど雄々しく気高く、燃えるような力強さをお持ちです。通常、このような魂はとても女性の範疇《はんちゅう》に収まるものではありません。男性にも滅多におられません」

エルヴァリータは断言して、微笑した。

「その強さは別としても、あなたのご主人に対する深い愛情は疑いようがありません。ご主人には他に我が身と慕《した》うほどのどなたかがいらっしゃるご様子ですのに——あなたはその存在を当然のものとして受け入れていらっしゃる」

ジャスミンも笑って頷《うなず》いた。

「ご主人にも先程まったく同じことを言われました。あなた方の言うもう一人は夫の手足同然のものです。あの存在も含めてのこの男ですから、夫の胴体《どうたい》だけ愛して手足は愛さないというわけにはいきますまい。曲がりなりにも妻としてはね」

ケリーとジャスミンは長年の友人であるマヌエル一世に相談があると言われ、中央座標《セントラル》の主席官邸を訪ねたところだった。

一世は高齢を理由に、既に政界を引退しているが、百歳を超えた今でもその影響力は衰えていない。

そして一世とともに二人を待っていた人がいる。

惑星トゥルークの外務大臣兼航宙総省長官という肩書きを持つラルス・バックマンと、同じくトゥルーク人のアドレイヤ・サリース・ゴオランだ。

アドレイヤはトゥルークの位《くらい》の高い僧侶であり、政治には深く関われないという建前ながら、実際は政治家たちから何かと頼みにされている存在らしい。

初対面の彼らが互いに挨拶《あいさつ》を済ませ、いざ一世の話を聞こうとした時のことだ。苗字の異なる夫妻が主席官邸の客室に闖入《ちんにゅう》してきたのである。

バックマンも夫妻が来ることを知らされておらず、一世もこの二人とは初対面だというのだからまさに闖入者だ。しかもそこまで大胆な真似をした二人の身分は市役所に勤める職員に過ぎないという。

奇妙な話だが、さらに奇妙なことが起きた。

エルヴァリータがバックマンに眼をやり、至って穏やかに言ってのけたのだ。

「バックマンさん。席を外していただけませんか」

「ミズ・シノーク？」

バックマンは驚いた。何といってもバックマンは国家を代表する立場であり、エルヴァリータは違う。

しかし、夫のダレスティーヤも言った。

「お願い致します。まことに申し訳ありませんが、クーアご夫妻と忌憚《きたん》なく話し合うためにもこの場はわたしどもに任せていただきたいのです」

「あなたがここでご相談する予定の内容についてはわたしも夫も詳細を理解しておりますし、首相からその旨《むね》を託されてもおります」

繰り返すが、この二人の身分は惑星トゥルークの首都パーヴァルの市役所職員に過ぎない。

バックマンが非公式にマヌエル一世に相談を持ちかけたところから判断しても、国政に関わる重要な相談に違いないのに、市役所の職員が大臣に対して、この場は自分たちに任せて退席しろと言う。

他の国では考えられないことだが、バックマンは素直に従った。

「わかりました。ここはご夫妻にお任せ致します」

部外者のケリーとジャスミンのほうが「いいのか、それで?」と唖然《あぜん》としたくらいだが、バックマンはマヌエル一世に向かって言った。

「ご夫妻は公式の身分こそ市役所の職員ですが、実際にはトゥルーク政府の中枢に関わる方たちです。首相の信頼も厚いお二人でもありますので、お話はご夫妻にお願い致します。ミスタ・クーア、ミズ・クーアも。よろしくお願い致します」

エルヴァリータは自分の秘書に言った。

「クロエ。あなたも遠慮してください」

一市役所員になぜ秘書がいるのか理解に苦しむが、クロエ・ブレメルも地味なスーツと対照的に顔には刺青がある女性だ。静かに頷いた。

アドレイヤも自分の付き人たちに言った。

「あなたたちも下がってください」

彼はゴオランという位にある。トゥルークの僧は位が上がると制限も多くなり、お付きの人なしには動けないらしい。初老の僧侶が一人、若い僧見習が二人いたが、素直に一礼して部屋を出て行った。

その際、初老の僧侶はダレスティーヤとエルヴァリータに深々と頭を下げて合掌《がっしょう》していった。

これでこの場に残ったのはケリーとジャスミン、マヌエル一世とロムリス夫妻(苗字は違うが便宜《べんぎ》上、こう表現する)とアドレイヤの六人だ。

エルヴァリータが申し訳なさそうにケリーとジャスミンに会釈《えしゃく》してきた。

「差し出がましいことをして申し訳ありませんが、お二人のことはバックマンさんには言わないほうがよろしいかと判断しました」

「わたしたちのことと言いますと?」

答えたのは夫のダレスティーヤだった。

「お二人がクーア財閥総帥《そうすい》のクーアご夫妻ご本人であるということです」

ケリーもジャスミンもちょっと苦笑した。

「そりゃあまた大胆なご意見だ。同姓同名の別人と考えるのが普通だと思いますがねえ」

しかし、ダレスティーヤにもエルヴァリータにも確信があるらしい。アドレイヤにもだ。

ジャスミンとケリーに合掌して言った。

「俗世を離れたわたしでもクーア財閥の名は存じております。そもそも三十年前、数百年ぶりに連邦の外洋型宇宙船がトゥルークにやって来たのもクーア財閥がショウ駆動《ドライヴ》機関を開発したことがきっかけと聞いております。もちろん、マヌエル一世はご存じなのでしょう？」

一世が答えを躊躇《ちゅうちょ》する間にケリーが反論した。

「しかしですね、今年は共和宇宙標準暦九九二年だ。二代目総帥のジャスミンは今から四十年以上も前に病気で、三代目のケリーは六年前に七十二歳で亡くなってるんです。それが俺たちだと言うなら、とっくに死んだ人間がここにいるという事実をあなたはどう考えているんです？」

常識ではあり得ない。だが、アドレイヤにとってそれはたいした問題ではないらしい。

三十代前半にしか見えないケリーの顔を見つめて、目元をほころばせて微笑した。

「先程お師さまがおっしゃいました。大いなる闇があなたを愛し、あなたをこの現世に留めたのだと。わたしにはそれで充分です」

間違ってはいないが、その話を頭から信じる人は初めてである。

ちなみにアドレイヤの言う「お師さま」はダレスティーヤのことだ。年齢はあまり変わらないように見えるが、アドレイヤはダレスティーヤが還俗した今も頑《かたく》なに師弟の礼を取っている。

ジャスミンがダレスティーヤに尋ねた。

「ミスタ・ロムリス。あなたも奥さまも、それでも自分は特異能力者ではないと言われますか？」

「申します。わたしには人の思考などは読めません。

できるのは感じ取ることだけです」

エルヴァリータも頷いて言った。

「夫の言うとおりです。わたしたちにわかるのは、お二人が常人とは程遠い方だということくらいです。こちらでは『オーラがある』と表現するようですが、これほど独特の鮮やかな霊気《オーラ》をお持ちの方は滅多にいらっしゃいません。真に偉大な芸術家や政治家の中にはごく稀《まれ》にお二人に匹敵《ひってき》する方もおられますが、それがご夫婦揃《そろ》って並び立っている。お見事です。このようなご夫婦は恐らく百年に一組あるかないか、そのくらい稀有《けう》なことです」

ダレスティーヤが後を受ける。

「そしてお二人のお名前です。ご本名なのでしょう。その点を踏まえて考えますと、お二人はあのクーア財閥の二代目三代目総帥本人であると判断するのが妥当《だとう》だということになります」

その総帥夫婦は顔を見合わせて肩をすくめた。

これはもう諦《あきら》めるしかないらしい。


マヌエル一世も観念したように苦笑した。

「ミスタ・クーア。ミズ・クーア。お座りください。あらためてお話ししましょう」

トゥルークの僧侶には異性と同席できないという戒律もあるが、この部屋には一人掛けの椅子が点在しているだけで大きな机はない。

一つの机を囲むのでなければよしとされるらしい。

六人がゆったりと腰を下ろすと、マヌエル一世はジャスミンとケリーに尋ねた。

「お二人とも。惑星トゥルークについてどのくらいご存じですかな」

「ほとんど何も知りません。何しろその時分は冷凍睡眠中でしたから」

ジャスミンが言い、ケリーが答えた。

「俺も詳しいことは知りません。こちらの皆さんに隠しても始まらないようですから正直に言いますが、当時はショウ駆動機関絡《ドライヴがら》みで眼の回るような忙しさでしたから、知っているのは報道で耳にした程度に過ぎません。約三十年前に連邦との国交が復活した、もっとも古くもっとも新しい連邦加盟国であること、中央座標《セントラル》から十七光年という近距離にありながら《門《ゲート》》の性質上、数百年に亘《わた》って他国との行き来が絶たれていたこと、その結果、一風変わった独自の文化を築いてきたこと。そうした特殊な事情で今は渡航が制限されていることくらいです」

「概《おおむ》ねおっしゃるとおりですが、渡航制限の理由は実は他にあります」

「こちらの皆さんの勘の鋭さですか？」

「海賊。これはもう勘が鋭いで片づけられる次元の問題ではないと思うぞ」

ジャスミンの意見に一世が頷いた。

「バックマン氏のような一般市民は――あえて一般市民と言いますが、わたしどもと何も変わりません。しかし、トゥルークの僧侶、中でもサリザン以上の高僧はまったく話が違ってきます」

ケリーがロムリス夫妻に訊《き》いた。

「確かお二人のご子息もサリザンでしたな」

さっきジャスミンもケリーも会った。

その子はライジャ・ストーク・サリザンと言って、驚いたことにルウの親しい友達だという。

早々に出て行ってしまったのであまり話す機会はなかったが、ジャスミンが呟《つぶや》いた。

「ルウの友達ならご子息はリィやシェラとも仲よくしているかもしれませんね」

エルヴァリータが身を乗り出した。

「それは先程あの方と握手した時に感じたのです。黄金に輝く、あの方の闇を払うほど目映《まばゆ》い光を放つ存在を。その方のことでしょうか？」

アドレイヤが頷いた。

「おっしゃるとおりです。マリス・ゴラーナ。その太陽は大いなる闇の傍《そば》で燦然《さんぜん》と輝いておられます」

エルヴァリータが困惑の表情で言った。

「サリース・ゴオラン。その名はよしてください。わたしはとうに僧籍を離れた身なのですから」

「いいえ、あの方は先程確かにおっしゃいました。エルヴァリータ・マリス・ゴラーナ、そしてダレスティーヤ・クレイス・ゴオランと。それどころか、クレイス・ドルガンと。――わたしはこの日を待ち望んでいたのかもしれません」

一世が慌《あわ》てて言った。

「ゴオラン。すみませんが、そのお話はあらためてお願いします」

ルウがダレスティーヤをその名前で呼んだことがアドレイヤには大事件らしいが、これではさっぱり話が進まないのだ。強引に話を戻した。

「三十年前、惑星トゥルークが新たに見出された時、連邦はあまりトゥルークに関心を示しませんでした。その結果とんでもない大失敗をしました。連邦では今も密かに『パーヴァルの悪夢』と言い伝えられているほどの大失態を演じたのです」

ジャスミンは素直に耳を傾け、当時を生きていたケリーは不思議そうに言い返した。

「はて。俺はその頃、現役ばりばりの総帥でしたが、そんな話は初めて聞きますよ」

「もちろんです。言えるはずがありません。何より当時のあなたには他にせねばならない仕事が山ほどあったはずです」

「ええ。今も言いましたが、ショウ駆動機関《ドライヴ》搭載《とうさい》の宇宙船をいかに世間に浸透させるか、それに伴い、《駅《ステーション》》の処遇をどうするか、やらなければならないことは確かに山積みでした」

「連邦も同じです。当時の連邦はショウ駆動機関《ドライヴ》という新しい移動手段に夢中になりました。まだ見ぬ居住可能型惑星、未発見の資源を捜すことが重要視されており、実際に再発見された惑星トゥルークの扱いは極めてそっけないものでした」

「トゥルークが貧しい星だったからですか?」

「こちらのお三方の前で言うのは心苦しいのですが、隠しても始まりますまい。そのとおりです。最初は熱心でしたが、トゥルークが昔ながらの文化を守り、

ドルガン／ドガール
ゴオラン／ゴラーナ
ディマント
シュヴァリン／シュヴァール
サリザン／サザール

近海型宇宙船すら持たないことがわかると、急速に熱が冷めたと申し上げてよろしいかと思います」

当時の連邦政府の心境が何となくわかる気がして、ケリーは言った。

「せっかく見つけたのにあんまり値打ち物じゃない。だったらいらない。──そんなところですか」

「忌憚のないところを申せばそうなります。しかし、居住可能型惑星には違いない。しかも中央座標《セントラル》からわずか十七光年です。ショウ駆動機関《ドライヴ》が登場した今、ご近所と言っても差し支えない。捨ててしまうにはあまりにも惜しい星です。いえ、むしろ捨てるのは問題外でした。当時の連邦政府は辺境に詳しい議員数名を中心とした交渉団を編成し、トゥルークとの交渉に当たらせたのですが、結果的にこれが最悪の事態を招きました。──全権を委《ゆだ》ねられた交渉団が考えたのはトゥルークの植民地化だったのです」

思い切った言葉にジャスミンもケリーも軽く眼を見張ったが、そこは大財閥の総帥だった二人だけに、きれい事は言わない。

ただ、当時の事情を知らないジャスミンは疑問を感じた。相手は曲がりなりにも独立国だ。

「わたしの知る常識では連邦がトゥルークの主権を認めないなどとやったら大問題に発展するはずです。それとも当時の社会情勢ではそれもやむなしと容認されたのですか？」

ケリーが言った。

「無理だな。表沙汰《おもてざた》になったら国際社会から囂々《ごうごう》の非難をあびるのは免《まぬが》れない。多分そこのところはうまくごまかすつもりだったんだろうよ」

一世が頷いた。

「そのとおりです。あくまで国際社会から隔絶していたトゥルークに『援助と支援の手を差し伸べる』という建前を貫き、その実トゥルーク側には極めて不利な条約を締結させようとしたのです。もっとも交渉団は騙《だま》しているつもりなどなかったのでしょう。何百年も鎖国状態の続いた文化の遅れた国と侮《あなど》り、多少強引でも条約を結んで開発の手が入り、生活がどんどん豊かになってくれば、現地の人々は連邦に感謝するに違いないと思いこんでいたようです」

「それは現地の人間からすると、大きなお世話とも言えますな」

ジャスミンの指摘に一世は苦笑して続けた。

「おっしゃるとおりかもしれません。ここで当時のトゥルークについて説明しますと、複数の地方自治体の集合体に過ぎなかったのです」

「中央政府がなかった？　その状態でどうやって国際条約を締結するんです」

ダレスティーヤが口を開いた。

「三十年前、連邦の調査船が初めて着陸した土地が現在の首都パーヴァルですが、当時は単なる高地に過ぎませんでした。そこにも無論、独自の自治体がありまして、必然的に連邦との交渉に当たりました。彼らは自分たちはこの惑星の一地方自治体に過ぎず、他の自治体には関与していないと説明したのですが、連邦の交渉団はその説明をあえて無視したのです」

「無視した？」

「はい。地方自治体の代表に国際条約を締結させ、それを盾《たて》に、惑星トゥルークは連邦の管理下に入ることを『自ら』選択したのだと。そういう筋書きに持っていこうとしたようです」

ケリーが嘲笑《ちょうしょう》した。

「要するに、最初に出会った先住民を騙くらかして、国際社会で通用する公文書に署名させてしまえば、後はこっちのものというわけですか」

お粗末な手法ではあるが、効果的でもある。

連邦がトゥルークを国際社会から遠ざかっていた辺境国だと侮っていたならなおさらだ。

一世が苦い顔で頷いた。

「その上で、厚かましくもその条約締結をそっくり自分たちの手柄《てがら》にしようとしたのでしょう。こんな不平等条約が実際に結ばれていたら大問題になったでしょうが、幸か不幸かそうはなりませんでした。

トゥルーク人には複雑な国際条約文など読み解けるはずもないと侮り切った交渉団は、口頭の説明とはまったく内容の違う書類を用意して自治体の代表に署名を求めました。ところが、パーヴァルの代表は怪訝《けげん》な顔で尋ねてきたそうです。『あなたのお話は実際の条約の内容とはずいぶん異なるようですが、どちらが正しいのですか?』と」

ジャスミンが吹き出し掛けて呑《の》み込んだ。

ケリーも笑いを嚙《か》み殺している。

一世は嘆息《たんそく》して話を続けた。

「そこですぐに連邦政府の中枢に諮《はか》ればいいものを、失敗した烙印《らくいん》を押されるのを恐れたのでしょうな。責任者が複数いたことも災いしました。『向こうの連中がへそを曲げてるみたいだから、今度はおまえ行って話をつけてくれ』とまあ押し付け合いになり、順繰りに出かけて、次々返り討ちに遭ったのです」

間抜けにもほどがある——と呆《あき》れながらケリーは指摘した。

「普通そこで相手の特異能力を疑いませんか?」

「もちろんです。しかし、それを調べる手段がない。特異能力検査にはかなりの手間と時間がかかります。まして、心を読まれているかどうか確かめたいから検査を受けてくれなどとは交渉相手に言えません。しかし、自分の心を読まれてありがたく思うものはいませんから、交渉団はトゥルーク側の反応を試すつもりで、知識のない小役人を全権大使に仕立てて、とにかく署名させろと言い含めて向かわせました。ところが、その役人が交渉の席に着いた途端、『なぜ権限をお持ちでない方がいらしたのでしょうか』と不思議そうに言われてしまう始末です」

大型夫婦はまたも笑いを嚙み殺しながら言った。

「おやおや……」

「それはもう確定的でしょうに」

「はい。ですが、彼らも交渉に関しては熟練者です。どうにも釈然としないものがあった。心を読まれているにしては腑《ふ》に落ちないことが多すぎたのです。

そこでよく見ると、連邦との交渉は自治体の代表が行っているものの、その席には常に顔に刺青をした僧侶がいて、代表は何やらしきりと僧侶に相談している。交渉団がこれを今まで気に留めなかったのは、トゥルークの地方では僧侶は司法の代わりを務める権限を持ち、住民の信頼は絶大なものがあると説明されていたからです。初めて僧侶の存在をまともに意識した交渉団は、さては特異能力者はこちらかと色めき立ちました。その頃には僧侶は異性に触れることはできないということはわかっていましたので、今度は女性議員を交渉に向かわせたのです」

ジャスミンが指摘した。

「少々短絡的な発想ですな。女性が相手なら能力を発動できないとでも？」

「いいえ。身内の恥を申すのは気が重いのですが、どうやら強引に握手を迫って、交渉の場から僧侶を追い払おうと考えたようです。しかし、トゥルーク側もさるもので女性の僧侶を出してきた。そして、この女性議員も不思議そうに言われてしまうのです。『あなたはどうして嘘《うそ》ばかり言うのですか？』と」

ジャスミンもケリーも実に複雑な顔だった。

他国との（まだ主権国家ではなかったようだが）交渉の最中にそれを言われる使者の心境を思うと、気の毒と思うよりどうしても笑いがこみ上げてくる。

「事実を言い当てられて女性議員はひやりとしたが、彼女も政治家です。そもそも交渉の席で嘘の条件を並べるのが間違っているのですが、だからといって胸のうちを見抜かれてそれを素直に認めるようでは交渉者とは申せません。ことさら心外の様子を示し、憤然《ふんぜん》と抗議したそうですが、またしても訝《いぶか》しげに、しかも非常に気の毒そうに言われてしまうのです」

一世は何とも言えない顔で続けた。

「もしかして、あなたは自分の言葉がすべて嘘だと見抜かれていることに気づいていないのですか――と」

我慢に我慢を重ねていた二人に限界が訪れた。

ジャスミンとケリーは盛大に吹き出してそれぞれ感想を述べた。

「そ、それは、高級カジノのVIP専用テーブルのディーラーが『なぜいかさまをするんですか？』と客に指摘されるくらいの屈辱《くつじょく》ですな！」

「いやいや、大家で知られる芸術家が最新作を前に、『弟子の作品なのに、どうしてあなたの作品として名前を入れて発表したんですか？』と言われるのと同じくらい致命的な打撃だぜ！　立ち直れねえよ」

笑い転げる二人に、トゥルーク人三人が感心したように頷いた。

「的確な感想です」

「この話を笑い飛ばしてくださる健全な精神の方に初めてお会いできました」

「なるほど。あの方たちには屈辱だったのですね」

対照的に一世の表情は重苦しい。

「ここに至って交渉団はようやく政府に泣きつき、当時の連邦主席バニ・ダイクスも愕然《がくぜん》としました。

しかし、不平等条約は論外としても、連邦に有利な条件で条約締結したいという希望は彼らも同じです。その時点ではまだ僧侶全員に特異能力があるなどと誰も思って——もとい信じてはいませんでしたので、あくまで協力を装う美辞麗句を並べた文書を作成し、惑星調査や太陽系開発などを連邦主体で行うように持っていこうとしました。百戦錬磨《れんま》の政治家たちがそれこそあの手この手を駆使したのですが……」

まだ眼に笑いを残しながらジャスミンが言った。

「ことごとく失敗したわけですか」

「おっしゃるとおりです。辺境国に条件を呑ませることなど赤子の手を捻《ひね》るようなものだと侮っていた連邦は完全に打ちのめされました。どんなに有能な人間もトゥルークとの交渉に行かせたが最後——皆、我こそはと自信満々で出向いたようですが、自信も誇りも木っ端微塵《こばみじん》に粉砕され、しばらく使いものにならなくなるというまことにもってありがたくない事態が発生したのです。まさしく『パーヴァルの悪夢』です。とうとうこの老骨に声が掛かりました」

一世は嘆息してアドレイヤに眼をやった。

「その時にお会いしたのがサリース・ゴオランです。当時はサリース・サリザンでしたが、わたしを一目見ておっしゃった言葉が忘れられません。『やっとご自分の言葉に責任を持つ方がいらしてくださって嬉《うれ》しく思います』と。この方はまだ十代の若さで、わたしは八十に近い年寄りでしたが『恐縮《きょうしゅく》です』と言うしかありませんでしたよ」

ケリーが笑顔で言った。

「全然知りませんでしたよ、一世。どうしてそんなおもしろい話を教えてくれなかったんです？」

「言えませぬよ、とても。――わたしにも守らねばならない仁義というものがあります」

そこからがトゥルークと連邦の本当の話し合いになった。トゥルークは急激な変化は望まなかったが、自由跳躍が可能になった以上、これからは外国からどんどん宇宙船がやって来るのはわかっている。

好むと好まざるとに拘《かか》わらず扉は開かれたのだ。

主要な地方自治体の代表が集まって協議を重ね、今までのような鎖国状態を続けるのは好ましくない、地方ごとの自治もあらためるべきだと意見は一致し、国家としての代表者を立てることを決めた。

そして連邦もこの頃はトゥルークに対して極めて慎重になっていた。

文化人類学や民俗学、宗教学の学者が文化保存の見地から現状維持を強く訴えたこともあるが、この惑星には特異能力者が大勢いるのではないかという疑惑から一般人の渡航を禁止したのである。

「トゥルークの正式な連邦加入後、連邦は大々的な調査団を組織してトゥルークに派遣しました。幸い高位の僧侶の方々も快《こころよ》く調査に協力してくださり、見本《サンプル》は取り放題だったそうですが、いくら調べても何も出なかったのです」

ケリーとジャスミンは訝しげな顔で念を押した。

「しかし、この人たちの勘の良さはどう見ても普通じゃありませんよ」

「本当に特異能力じゃないんですか？」

「少なくとも我々が認識している種類の特異能力でないのは確かです。その根拠として第一に彼らには固有名詞がわかりません」

一世と初めて会った時も、アドレイヤには一世の名前がわからなかった。

ダレスティーヤがケリーに向かって言う。

「わたしも妻もあなたには奥さまの他に半身《はんしん》と慕うどなたかがいるようだと感じました。ですが、その方の名前も姿もわかりません。そもそも、その方が人間であるかどうかすら判然としません」

苦笑したケリーだった。

「ですから、それがわかるところがただの人じゃあないと思うんですがねえ」

ジャスミンも頷いた。

「同感です。感じ取っているだけだと言われるが、感じ取る範囲が尋常《じんじょう》ではあり得ません」

エルヴァリータが静かに言った。

「わたしたちがただの人ではないというのでしたら、それはすなわち、トゥルークの高僧はただの人ではなれないということでしょう」

アドレイヤが頷いた。

「神の前では位に関係なく、僧侶は等しい存在です。しかし、高位の僧侶になれるものとなれないものの資質の違いは歴然としております。トゥルークでは誰もがその事実について呑み込んでいるのですが、残念ながら外の方にはなかなかおわかりにならないようですね」

一世が言った。

「前置きが長くなりましたが、ここからが本題です。最近、トゥルークの領海内に頻繁《ひんぱん》に海賊が出没して問題になっております」

ジャスミンが尋ねた。

「人質を取って身代金を取る海賊ですか？」

「いいえ、狙われるのは貨物船ばかりだそうです」

ケリーが首を捻る。

「貨物船というと連邦から物資を運ぶ船ですか?」

「それが、襲われるのはトゥルークからの輸出品を積んだ船ばかりなのです」

「輸出? はて、トゥルークは確か自由貿易も制限されていたと思いましたが……」

エルヴァリータが説明した。

「五年前から試験的に貿易を開始しました。地方の特産物や工芸品などが主な輸出品目です」

「というと……一隻の貨物船に食料や加工品、雑貨などを混在して積んでいるわけですか」

「そうです」

「その積荷の中に高価な宝石や稀少金属などは?」

「ありません」

ジャスミンが首を傾《かし》げて夫を見た。

「現代の海賊事情には詳しくないが、その荷物ではあんまり稼ぎにならないいんじゃないか?」

「そのはずだぜ。農産物で稼ごうと思ったらよほど大量にぶんどらない限り儲《もう》けにならない。おまけにトゥルークは中央座標《セントラル》の目と鼻の先にあるんだぞ。仕事場としては最悪だ」

ダレスティーヤが言った。

「トゥルークは独自の宇宙軍を持っておりません。現在は同盟条約に基づき、連邦軍の駆逐艦《くちくかん》が交代で領海内を巡回しているのですが、残念ながら海賊の被害はほとんど減っていないのが現状です」

惑星トゥルークはカトラス星系の第三惑星だ。

カトラス星系は第十惑星まであり、一国の領海は、その星系のもっとも外側を公転する惑星から一定の距離までと定められている。広大な範囲である。

駆逐艦一隻で巡回するのは荷が重いといえるが、ジャスミンは納得できなかった。

「輸出用の貨物船なら決まった航路を通るはずです。となれば当然、海賊船もそこに出没するはずです。共和宇宙最強を誇る連邦軍がそうたびたび海賊船に出し抜かれるとは思えません」

一世が頷いた。

「ごもっともです。ですからバックマン氏も慎重にならざるを得なかったのです。——よりにもよって派遣された連邦軍が海賊と密かに通じている疑いがぬぐえなくなったのですから」

ケリーもジャスミンも思わず顔色を変えた。

それが事実なら大変なことだ。

「広大な宇宙空間では巨大空母すら点に過ぎません。駆逐艦の探知能力がいくら優れていようと海賊船を発見できなくても不思議ではありませんが、ミズ・クーアがおっしゃるように貨物船は決まった航路を通ります。探知範囲は大幅に狭まるはずです。事実、連邦軍はこれまでに何度か海賊船を発見し、停船命令を出し、威嚇《いかく》射撃まで行ったそうですが、拿捕《だほ》に至った例はありません。これについて連邦軍は、海賊船の足が非常に速いこと、発見した時は残念ながら、海賊は略奪を終えて後は跳躍するだけの状況にあったこと、ゆえに必死の追撃も及ばず、無念にも間一髪で逃げられてしまったと説明しています」

「そんな無念が何度もあったというのですか？」

ジャスミンは呆れて言い、ケリーは露骨《ろこつ》な軽蔑《けいべつ》の表情で断言した。

「それが軍艦との馴《な》れ合いじゃないって言うんなら、ぜひその海賊船の仕様《スペック》を知りたいもんだぜ」

「同感だ。威嚇射撃を行っている——つまりは射程圏内に捉《とら》えていたということだ。その状況で逃げられるほうが不思議だぞ」

かつては連邦軍の軍人だったジャスミンは素朴な疑問を呈した。

「しかし、わからないな。なぜその内通者は経歴《キャリア》を棒に振ってまで海賊に味方するんだ？」

ケリーも別の視点から妻の意見に賛成した。

「しかも——こう言っちゃあ何だが、あまり儲かりそうにない海賊にだ」

分け前をもらうにしても農産物ではよほど大量に盗まない限り、実入りのいい仕事とは言えない。

軍を裏切るほどの値打ちがあるとは思えないのだ。

ここで一世は唐突《とうとつ》に話題を変えた。

「最近、上流階級の間で新しい薬物が密かに出回り、問題になっております」

ロムリス夫妻は表情を変えずに沈黙している。アドレイヤもだ。

知らなかったのはクーア夫妻だけのようなので、ケリーは一世に問いかけた。

「上流階級と言いますと……？」

「はい。もっと正確に言えば特権階級です。政治家、軍人、高級官僚などです」

「どのような違法薬物ですか？」

一世の口ぶりから依存性のある、いわゆる麻薬と称されるものだろうと思ったら、一世は首を振った。

「違法性は今のところありません。と言いますのも、この薬物は従来の薬物検査では検出されず、毒性も認められないからです」

「使用しても危険はないと？」

「科学的な情報《データ》ではそうなります。付け加えるなら依存性もありません」

「何ですって？」

「少なくとも肉体的な禁断症状には襲われません。従って中毒性もないとされています」

それでは麻薬とは言えない。

では何が問題なのかと表情で問いかけるケリーとジャスミンに応えて一世は話を続けた。

「わたしが最初にこの話を聞いたのは孫からでした。被害に遭ったのは孫の親しい友人だったのです」

一世の孫のマヌエル三世は現職の連邦主席だ。

その友人ならそれ相応の地位にある人物だろう。

問題の薬物にマヌエル三世が関わっていることはアドレイヤもロムリス夫妻も知らなかったようで、三人とも静かに一世の話に耳を傾けている。

「孫はその友人A氏のことを『高い能力があるのに性格で損をしている』と評していました。真面目で正義感も強く、信頼できる男なのに、なまじ能力が高いが故に『なぜこんなことができないんだ?』と無意識に他者を軽視する傾向があるというのです。努力しても結果が伴わなければ無駄だという考えは間違いではありませんが、あまりに効率主義に偏《かたよ》り、結果だけを重視するのもまた賢明《けんめい》とは言えません。しかし、A氏には相手が手を抜いているように感じられるのでしょうな。職場ではどうしても居丈高《いたけだか》で、部下を顎《あご》で使う形になりがちだったそうです」

ケリーが言った。

「今時の管理職はそれじゃあ務まらないでしょう」

「おっしゃるとおりです。それを補ってあまりある才覚があったので今までやってこれたのでしょうな。ですから孫はA氏について『もったいない』とよく嘆《なげ》いていました。彼は決して冷酷な男ではないのに、優しい心もちゃんと持っているのに、それを相手にわかる形で表現することができない。職場ばかりか家庭でも同様に振る舞い、妻子との間も冷え切っていたようです。公式のパーティにはA氏も夫人を同伴で来るのですが、孫はご妻女のつくり笑いしか見たことがないと言っていました。良家の子女同士、親の勧めで結婚し、子も儲けて、順風満帆の人生を送っているはずなのに、彼とご妻女の間にはもはや修復できない亀裂が生じているようだと」

「人づきあいが下手《へた》な性格なんですな」

「協調性がないとも言いますね」

「まさに。ところが、そんな男が激変したそうです。噂《うわさ》は孫の耳にもちらほら入り、ついには知人から『いったい何が起きたんだ?』とただならぬ様子で相談を持ちかけられたと言っていました。そんな折、A氏から孫にホームパーティの招待状が届きました。A氏が結婚して十数年、一度もホームパーティなど開いたことがなかったのにです」

現職の連邦主席を自宅に招くのだ。やはり相当な地位の人物なのだろう。

「孫の立場では私用で動く時も護衛が必要ですが、幸いにもA氏の家は警備のしっかりしている家で、孫は他の友人たちと揃って出席しました。友人一同、彼に何があったのか気になっていたのです。すると、今まで見たこともないような笑顔のA氏が孫たちを出迎えた。孫はこれだけでも狐《きつね》につままれた思いがしたと言いましたが、彼は久しぶりに気の置けない学生時代の仲間たちとの会話を楽しみ、ご妻女にも何くれとなく気を遣って話しかけ、自ら食器を運び、酒を注ぎ、そればかりか手料理まで披露《ひろう》しました。つい三ヶ月前まで家事は女の仕事だろうと言い放ち、縦のものも横にしなかった男がです。ご妻女は終始笑顔で大変嬉しそうだったとか。その場にはA氏の部下たちも招待されておりまして、孫の他の友人は部下と顔見知りだったので聞いてみると、職場でも大変な変わりようだというのです。――以前は常にしかめ面で、些細《ささい》な失敗も絶対に許さなかったのに、今は厳しいことは厳しいが、大きな失敗に対しても一定の理解を示してくれるようになった。一方的に叱《しか》りつけるのではなく、なぜそうなったのか原因を探り、同じミスを繰り返さないことが重要なのだと諄々《じゅんじゅん》と説き、落ち込んでいる部下に対して冗談《ジョーク》まで言って励《はげ》ましてくれる。もともと能力はずば抜けて高いA氏ですから、今では実に頼もしく尊敬できる、好ましい上司へと劇的な変貌《へんぼう》を遂げたと言うのです。『青天の霹靂《へきれき》です！』と部下は真顔で締めくくった。孫たちも仰天《ぎょうてん》して何があったか問い質《ただ》すと、彼は『人生が変わったんだ』と笑って答えました。孫は『余命宣告でも受けたのかと疑った』と大真面目に言いましたよ。死を間近にした人間が今までの生き方を変えようとするのはよくあることですから」

「実際に余命宣告を受けたんですか？」

「いいえ、孫はその可能性をすぐに打ち消しました。他の友人たちもです。なぜならA氏の態度はとても死期が近づき人生を諦観《ていかん》した人のものではなかった。むしろ生気に満ちあふれ、自信すら感じさせるものだったそうです」

一世は言葉を切って、傍らの卓に手を伸ばした。

全員で囲む大きな机はないが、それぞれの椅子の脇に茶器を置くための小さな卓が添えられている。

薫《かお》り高い珈琲《コーヒー》で喉《のど》を潤《うるお》して一世は話を続けた。

「孫はA氏の変化を喜びました。彼は真面目すぎて損をしていると常々残念に感じていたので、これでやっと彼本来の評価がされるようになったと思った。ところが、それから間もなくのことです。A氏は事件を起こしました。その事件がどんなものだったかは敢《あ》えて申しません。公《おおやけ》にはなっておりませんし、今後も明らかにされることはないでしょう。ただ、共和宇宙連邦としては決して無視できない性質の事件であったとだけ申しておきます」

それで充分だ。

「彼は身柄を拘束《こうそく》され、事件の性質上、取り調べは警察ではなく他の特殊機関が行いました。そこにも共通の友人が大勢います。顔見知りの聴取に対して、A氏は『薬を手に入れるために仕方がなかった』と供述しました。どうしてもあの薬が必要なのだと。あの薬がないと元の自分に戻ってしまうのだと」

ジャスミンが首を傾げる。

「気むずかしい人間が突然明るく元気溌剌《はつらつ》となり、周囲に気配りができるようになる薬ですか？」

「当局もそれを疑問視し、薬を没収して成分分析に掛けている最中《さなか》のことです。別の事件が起きました。とある芸術家が顧客から詐欺《さぎ》で訴えられたのです」

「…………」

「その芸術家はまだ若いのですが、才能ある画家で、現代画壇で最高の評価を得ています。ただ、極端な上がり性でうまく話すことができない。大勢の人の前では真っ赤になって吃音《きつおん》が出てしまうのですな。聞くところによると現代画壇はただ絵を発表すればいいというものではなく、作者の個性をある程度は露出する必要があるのだそうです。そうして顧客の心を摑《つか》むのもたいせつな仕事の一つらしいのですが、この画家はそれがいやでいやでたまらず、人嫌いを口実に、名声とは裏腹の隠遁《いんとん》生活を送ってきました。現代画壇では異例のことですが、それが許されるだけの才能があり、熱狂的な支持者《ファン》も多かったのです。ところが、そんな画家が突然社交的になり、講演会まで開いた。少し前までならどんなに懇願《こんがん》されても、どんなに大金を積まれても拒否したはずの仕事です。画家の吃音と上がり性は支持者なら皆知っています。本当に大丈夫かと皆がはらはらしながら見守る中、画家は講演会の壇上に颯爽《さっそう》と登場し、堂々たる物腰と張りのある声で、ユーモアと機知にあふれる会話を披露して聴衆を仰天させ、大いに湧かせました。昔からの知人などは『話術の玄人《プロ》のそっくりさんを雇《やと》ったのか』と思ったほどだそうです」

「今度は吃音と赤面症が治る薬ですか？」

「正しくは劣等感が治る薬です」

ジャスミンとケリーが呆気《あっけ》に取られる中、一世は淡々と説明した。

「二人はこう証言しました。『自分が新しく生まれ変わったような気がした』『世界が違って見えた』『とにかく自信と気力が湧いてくる』と」

「誇大妄想の症状でしょうか？」

「それにしては他者に厳しかった友人が逆に優しくなったのが変です。それよりはむしろ理想を体現できたことで有頂天になる感じに近いと思いますが、結果的にその薬によって彼は人生をふいにしました。──このままでは画家もそうなるでしょう」

ダレスティーヤが尋ねた。

「その画家が訴えられた詐欺とはどのような？」

「いみじくもミスタ・クーアがおっしゃいましたが、別人の作品を自分の作と偽って売ろうとしたのです。もともと寡作《かさく》な画家なのですが、人前に出るようになってからは人づきあいを優先しすぎて、ほとんど創作活動を行っていなかった。過去の作品は画商が管理していますから、勝手に売ることはできません。ならば自分の手で描けばよいものを、その手間すら惜しんだのですよ。画家の元には職業画家を目差す画学生たちから、日々多数の作品が送られてきます。その一枚を自分の作と偽って売ろうとしたのです」

聞いていた五人はいっせいに嘆息した。

代表してケリーが言う。

「金欲しさにずいぶんお粗末な真似をしましたな」

「まったくです。この事件に関しては、後に本物の画家の作品を売る約束で示談が成立しておりますが、問題は、二人とも犯した罪に関しては真摯《しんし》な反省を見せているものの、肝心の薬物については正反対の反応を示しているということです。どうしてもあの薬が必要なのだと言って譲りません」

一世の表情はひどく苦いものだった。

「こうした薬物売買の常套《じょうとう》手段でもありますが、最初は手頃な値段で売りつけ、二人が薬の効果の虜《とりこ》になるにつれ、天井知らずに価格をつり上げていったのです。画家の場合は今までの蓄《たくわ》えをすべて吐き出しても追いつかないほどに。孫の友人の場合はもっと悪い。さんざん大金を巻き上げたあげく、友人の立場なら入手できる、極秘の情報を提供しろと要求して来たのです。無論それは重大な背任行為に当たります。彼も悩んだのでしょうが、その情報と引き替えに一生不自由しないだけの薬を渡してやると唆《そそのか》された途端、彼は心を曲げてしまった。以前の彼は頑なで圭角《けいかく》ある人物ではありましたが、連邦に対する忠誠心も岩のように強固な男でした。その彼が薬への欲望にあっさり負け、連邦に対する忠誠心も責任感も、日向に置かれた氷のように溶けさってしまったのです」

ケリーとジャスミンの表情も厳しくなっていた。

「依存性がないどころか極めて危険な症状ですぞ。れっきとした麻薬です」

「同感です。肉体的な禁断症状がないのでしたら、投薬を抑えることもできるでしょうに」

一世は首を振った。

「二人とも『あれがないと自分はもう終わりだ』と嘆いています。孫の友人の破滅は自業自得ですが、画家にはまだ立ち直るだけの機会が残されているというのに、薬を取り上げられて以降、まったく絵を描かない——描けないというのです。このままでは画家生命さえ脅《おびや》かされることになるでしょう」

「……………」

「この薬は『パーフェクション』と呼ばれています。ふざけた名前ですが、これを使った人間はまさしく完璧《かんぺき》な人間になったように錯覚し、こうありたいと願う理想の自分になったと感じるようですな」

「薬の出所は？」

「二人とも知人の紹介で買ったと供述しています」

A氏の視点から語られた詳しい経緯は次のようになる。

久しぶりに会った知人B氏に、

「滅多に手に入らないとっておきの栄養剤なんだ。おまえだから特別に勧めるんだぞ」

と小さな錠剤を勧められた。

栄養剤に興味はなかったので固辞したが、

「騙されたと思って試してみろよ」

とB氏は熱心に囁《ささや》いてくる。

見ず知らずの相手から勧められたものなら決して呑んだりしなかったが、B氏は昔からの知り合いで、A氏と同様、相当な社会的地位にある人物だ。

渋々ながら渡された一粒を呑んでみたA氏はその時のことをこう語っている。

「今まで自分のいた世界は何だったのかと思った」

翌日には販売元を教えてくれとB氏に迫っていた。

B氏は快く（少し得意そうに）販売元の連絡先を教えてくれたが、こう注意してきた。

「あれはそんじょそこらの補助食品とはわけが違う。地位のある人間にしか売ってくれないんだ。ぼくの紹介だと言えば売ってもらえるだろうが、質問には正直に答えろよ。もちろん秘密は厳守してくれる」

教えてもらった先に掛けると自動音声が応対した。

名前、年齢、住所、勤務先、年収、連絡先などを質問され、回答すると、薬の包みが送られてきた。

　五日後にはA氏は半年分の追加注文をしていた。

　それからわずか一ヶ月後、見覚えのない相手からA氏の携帯端末に通信文《メール》が届いた。

　パーフェクションのご愛用ありがとうございますと始まった通信文は、A氏を『特別なお客さま』と認定したので、現在お使いのパーフェクションよりさらに効果の高い特別品《スペシャル》をご提供する用意がありますと続いたそうだ。ただし、スペシャルは極めて生産が少なく、貴重な品ですので、秘密を厳守していただける、信頼できると見極めたお客さまだけにお知らせするものです、効果に比例して高価なものでもありますが、いかがなさいますかと問い掛けるもので、A氏は一も二もなく飛びついたというのだ。

「後のことはお話ししたとおりです。当局が、なぜたかが栄養補助食品のために連邦を裏切ったのかと追及したところ、A氏はひたむきとすら言える顔で答えたそうです。『一度スペシャルを試してみたら通常の薬ではもう満足できなくなった。そのくらい効果が違う。薬の名称をパーフェクションではなく薔薇《ばら》色の人生に変えるべきだと思った』と」

　実際にはこれから灰色の人生が待っているのだが、A氏が『すばらしい』と感じたことは間違いない。

「お言葉ですが、マヌエル一世……」

　アドレイヤが訝しげに問いかけた。

「俗世に疎《うと》いわたしにもあからさまに怪《あや》しげな話に聞こえます。A氏は恐らく連邦内でも重要な地位にある方で、知性も高い教養もお持ちだったはずです。その方が『特別な品』などというありがちな謳《うた》い文句に眼が眩《くら》んだことも理解に苦しみますが、そもそもの発端が解《げ》せません。旧知の間柄とはいえ、なぜそうも簡単にB氏の言葉を受け入れたのでしょう」

　この疑問に答えたのはジャスミンだった。

「上流階級の人間によく見られる特徴の一つです。自分は『選ばれし者』だと思い込み、異様なくらい身内の情報網《ネットワーク》を大事にする。要は自分と同じ等級《グレード》に属する人間の言うことなら信じるんですよ」

ケリーも妻に共感した。

「そういう連中は特権の共有が大好きですからねえ。さっきも女房が言いましたが、一般人お断りの高級カジノのさらに奥まったところに、特別な人間しか入れないＶＩＰ専用の部屋があるとします。知人の誰それはそこで遊べるのに自分は入れない、なんてなったら大変ですよ。出入りを認めてもらえるまで湯水のように金を使い続けます。何のことはない、ただ『そこに出入りできる自分』という立ち位置を確保するためだけにね」

　僧侶のアドレイヤも還俗した二人も眼を見張り、深々とため息を吐《つ》いて首を振っている。

　彼らには到底理解しかねる理屈なのだろう。

　ジャスミンはそうした人間を山ほど見てきたので、笑って続けた。

「馬鹿と言えば馬鹿なんですが、彼はあの倶楽部の会員になっている、どこそこの場所で特別に扱われ、歓待されている、そうした体面が大きくものを言う世界でもありますから。Ｂ氏の行動も理解できます。自分だけが知っているいいものを信頼できる相手に紹介したくなるんですよ。ただし、この場合は『自分はこんなすごいものを知っているんだぞ』という自慢と優越感でしょうが」

　そうしてジャスミンは一世に確認した。

「これはわたしの推測ですが、Ａ氏は、この特別なお知らせはＢ氏にも届いていると思っていたのではありませんか？　ただ、暗黙の了解を守ってＢ氏の前で口にしなかっただけで、当然Ｂ氏も知っているものと思っていた。しかし、実際にはＢ氏にはその特別品の案内は届いていなかったのでは？」

「おっしゃるとおりです。Ａ氏の供述を聞いた当局はただちにＢ氏の元に向かいました。Ａ氏の逮捕も詳しい事情も伏せて、パーフェクションなる薬物は違法だから今後は使用は控え、手持ちの薬は当局に提供するようにと言ったところ、Ｂ氏はひどく驚き、素直に指示に従ったそうです。しかし——」

「何です?」

「B氏から提供された通常のパーフェクションと、A氏が大金を投じたスペシャルを分析したところ、両者はまったく同じものだという結果が出ました」

ケリーとジャスミンは苦い顔になった。

「そんなことじゃないかとは思いましたが……」

「あくどい手を使いますなあ……」

「はい。この結果を拘留《こうりゅう》中のA氏に報《しら》せたところ、氏はひどく取り乱して、そんなはずはないと頑強に言い募《つの》ったそうです。明らかに効果が違っていたと、間違いなく別物だったと主張したとか……」

「わかる気がします」

「それが事実だと認めたくないんでしょうな」

「恐らく。ここで問題なのは、同じものを何ヶ月も服用していながらB氏はA氏のような深刻な状態に陥《おちい》っていないということです。画家の知人もです。二人とも気分爽快《そうかい》になる栄養補助食品くらいにしか感じていません。当局が、あれは違法薬物だからと説明すると『そんな危険なものとは知らなかった』と言って、あっさり使用をやめています」

その違いはどこから来るのか――。

「考えられる可能性はいくつかあります。もっともありそうなものは暗示でしょうな。薬でないものを薬だと言って――それも特効薬だと言って与えると不思議と効果が現れるように、これは特別な薬だと言われただけでA氏は信じ込んでしまった」

いわゆるプラシーボ効果だ。

「一方、別の可能性も考えられます。最悪の可能性ですが……その薬は強い劣等感や心に大きな問題を抱えている人間に対してもっとも強力に作用するのではないかということです。――心理分析の結果、孫の友人は日頃の強気な態度とは裏腹に、職場でも家庭でもうまくいかない自分に強い不満と孤独感を感じていたことがわかっています。画家に至っては言うに及ばずです」

一世はジャスミンとケリーを見て微笑した。

「お二人は稀な例外でしょうが、社会的地位の高い人間の多くは自信に満ちた態度とは裏腹に、結構な不安や重圧、時には劣等感を感じているのですよ」

大型夫婦はこの意見を笑い飛ばした。

「いやいや、人間なら誰しも何らかの欠点はおろか、自分に対する不満があって当然でしょう」

「夫の言うとおりです。『我は完全無欠！』なんて思い込んだらその時は終わりですよ」

二人の反応に一世はちょっと笑い、トゥルーク人三人は真顔で頷いている。

ケリーはその三人を見て、ずばりと訊いた。

「それで、今のお話とトゥルークとの関係は？」

一世も同様にアドレイヤを見て頷いた。

「わたしもそれをお尋ねしたい。突然ゴオランから『あの薬についてご相談が……』と言われた時には、とうとうこの方は人の心を読むようになったのかと真剣に恐れましたよ」

冗談めかした言葉にもダレスティーヤ、エルヴァリータ、アドレイヤの三人は笑わなかった。

アドレイヤが浅黒い顔に憂慮《ゆうりょ》を滲《にじ》ませて言う。

「一世にご相談を持ちかけたのは、現主席の祖父である一世ならば、あの薬についてご存じないはずはないと思ったからです」

ダレスティーヤが続けた。

「パーヴァルには連邦の大使館があります」

当然だ。一般人の渡航は禁止でも連邦にとっては眼を離せない星である。

「他の国ではどうか存じませんが、我が国の場合、赴任《ふにん》して来られる方には前もってご自分の顔写真と履歴《りれき》を送っていただくようにお願いしております」

これも別におかしなことではない。今度こういう人間がそちらに行きますという紹介のようなものだ。

「十日前、それまでの大使だったスミス氏に代わり、カルヴィン・ヒル氏が新大使として赴任されました。この交代自体は三ヶ月も前に通達を受けております。ヒル氏の履歴も写真もその時拝見しました」

ジャスミンがすかさず尋ねる。

「皆さんは氏の写真をご覧になって、どんな印象を持ちましたか？」

アドレイヤが首を振った。

「いえ、わたしは拝見してはおりません」

ダレスティーヤとエルヴァリータが答える。

「神経質そうな方だと思いました」

「感情を制御するのがお上手なのでしょうが、実は癇癪《かんしゃく》を起こしやすい方なのですね。お気の毒に──どこか具合がお悪いのだろうとも感じました」

これにはジャスミンのみならずケリーも驚いた。

「まさか。病気の人間に大使の重責が務まるはずがありませんよ」

「恐らく精神的な要因から来るものだと思います。ヒル氏はお身体はとてもお丈夫な方ですから」

「『胃に穴が空きそうな思いがする』と言いますが、お身体の頑健さとは裏腹に、ヒル氏は常にその状態なのでしょうね」

一世が嘆息した。

「カルヴィン・ヒルが神経質ですか……」

「ご存じで？」

「はい。確か四十になったばかりですが、同世代の議員の中では一番のやり手ですよ。法曹界の出身で、豪放磊落《らいらく》を絵に描いたような男です。それ故、孫もトゥルークの担当に当てたのでしょう」

ダレスティーヤが言った。

「歴代の大使は赴任時に、領海内に入る宇宙船から我が国の首相に赴任の挨拶をされるのが慣例です。ヒル氏はご存じありませんが、わたしと妻は首相と話す氏の映像を他の場所で拝見していました。見て驚きました。三ヶ月前の写真と同じ人物とはとても思えなかったからです」

エルヴァリータが慎重な口調で続ける。

「無論、人は些細なきっかけで大きく変わります。神経質で癇癪を起こしやすかった人が円満な人柄に変わることもあるでしょう。それは否定しませんが、問題は、わたしの眼にも夫の眼にもヒル氏の変化はあまりにも唐突すぎること、もっとはっきり言えば極めて不自然に見えたことです」

一世が顔色を変えた。

「まさか、カルヴィン・ヒルも……」

顔に刺青をした夫妻は重々しく頷いた。

「その時点で、わたしたちはその薬の名前も存在も知りませんでした。ただ、ヒル氏が何らかの手段で強引に人格を矯正《きょうせい》された可能性を危ぶんだのです。しかし、このような重要なことを映像の印象だけで判断するのは危険すぎます。そこで首相にお願いし、特別に氏との会食に同伴させていただきました」

ジャスミンが驚いて尋ねた。

「会ったんですか？　相手は連邦の高官ですよ」

深刻な話の途中だが、エルヴァリータがちょっと微笑して頷いた。

「はい。この顔を見られたら還俗した身であるのは一目でわかってしまいます。そこで、わたしも夫も演劇用の濃いお化粧で何とか刺青を隠して、首相の随員として参りました。わたしはともかく夫は少々見栄えの悪いことになりましたが……」

「それは災難でしたな」

ケリーが心から言うと、ダレスティーヤは真顔で首を振った。

「好ましい体験ではありませんでしたが、非常事態です。やむを得ません。幸いヒル氏はわたしどもの顔にはあまり興味を持たれなかったようですので、間近でヒル氏の様子を拝見して、確信が持てました。この人は明らかに何かよくないものの影響を受けていると。今は好ましい変化に見えてもそれはやがて確実にこの人の精神を蝕《むしば》むだろうと――」

「証拠は何もありません。ですが、氏の周りにいる人たちは異口同音に氏が変わったと話しています。詳しいことは氏に尋ねればはっきりするでしょう」

「連邦主席が事情をご存じであったとはありがたい。何らかの理由を設けて、早急にヒル氏を呼び戻していただきたい。氏は大使という身分です。我々にはどうすることもできないのです」

一世は厳しい顔で頷いた。

「わかりました。すぐに孫に計らいましょう」

ここでケリーが重ねて質問した。

「しかし、今のお話とトゥルークで海賊被害が頻発《ひんぱつ》していることがどう関連してくるんです?」

一世がすかさず同意した。

「そうなのです。わたしもその点をお尋ねしたい。ゴオランはあの薬について相談があると言われた後、『どなたか信頼できる、宇宙海賊について詳しい方のお心当たりはないでしょうか』とも言われました。それでお二人に来ていただいた次第なのです」

アドレイヤは答える代わりに、かつての師に眼をやり、ダレスティーヤが説明した。

「わたしたちはヒル氏にお会いする以前に、海賊の被害が頻発していることは当局から聞いていました。輸出品を積んだ船ばかりが襲われていることもです。――被害について聞いた時点ではやはりそれが何を意味するかわかりませんでしたが、ヒル氏にお目にかかった後、これまで被害に遭った貨物船の積荷を詳細に調べてみると、すべての船が共通して積んでいたものが二品目ありました。一つは藍王木《らんおうぼく》という植物です。根は染料として、葉は煎《せん》じて薬品として、民間でよく用いられています。もう一つは白籠岩《はくろうがん》という石材です。名の通り白く加工しやすい石なので、これも昔から細工などに使われています」

「海賊はそれが狙いだったと?」

「そう考えるのが妥当でしょうが、この調査結果に担当官庁も『なぜあんなものを?』と理解できない様子でした。無理もありません。これらはいずれもトゥルークではごくありふれたもので、特別高価なものではないからです」

「本当に?」

ケリーの鋭い問いかけに対し、ダレスティーヤは沈鬱《ちんうつ》な表情で打ち明けた。

「この話を外部の方にするのは初めてです。一般のトゥルーク人は無論のこと、下位の僧侶も知らないことなのです。藍王木と白籠岩は僧院ではまったく別の使われ方をしてきました。これらは修行に使う薫物《たきもの》の原料でもあるのです」

「薫物とは、火をつける香のことですか？」

「はい。わたしどもはその香を羅合《らごう》と呼んでいます。——このことはまだ首相にも話しておりませんので、くれぐれもご内聞にお願い致します」

一同、頷きはしたものの、マヌエル一世が当然の疑問を発した。

「しかし、解せません。海賊がなぜ香の原料などを欲しがるのでしょう？」

「パーフェクションの原料です」

あまりにもあっさり言われてトゥルーク人以外の三人が絶句し、エルヴァリータが話を続けた。

「羅合は人の精神に強力に作用する効能があります。気分を爽快にし、気力を充実させることも可能です。ヒル氏にお会いした時、わたしと夫はその可能性を疑いましたが、羅合ではないことも明白でした」

ダレスティーヤが言った。

「羅合を薫《た》いた後にわたしたちと会ったのならば、氏は必ず残《のこ》り香《が》を漂《ただよ》わせていなければなりません。それがまったくない。必然的に羅合ではあり得ない。大使館の職員にも確認しましたが、ヒル氏は食後に栄養補助食品を服用しているものの、香の類《たぐい》は何も使っていないそうです。この一事だけでも羅合とは別物と判断できます」

「確かですか？」

「はい。羅合は香ですから、服用はできません」

「あんなものを呑んだらお腹を壊しますよ」

エルヴァリータが真面目に言って話を続けた。

「ですが、今の一世のお話を聞いて確信致しました。その薬物は間違いなく羅合が原型です」

ダレスティーヤも頷いた。

「羅合そのものでないとしても、極めて似た性質を持つものだと思ってよいでしょう。何の素養もなく、修行も積んでいない人に対して、あのようなものを与えるのは極めて危険と言わざるを得ません」

アドレイヤもかつての師に同意した。

「用法を誤れば人の精神を蝕むものであるのは既に証明されております。羅合の試練に耐えられるのは高位の僧だけです」

すかさずケリーが尋ねた。

「では皆さんはそれを試したことがあるんですな」

「はい」

「サリザン以上の僧ならば皆、経験しています」

「ですが、下位の僧侶には決して触れさせることはありません。申し上げたとおり、彼らはその存在も知りません。なぜと言って準備の整っていない者に、羅合は毒にしかならないからです」

呆気に取られていた一世が鋭く問い質した。

「そんな危険なものを輸出しているのですか？」

「染料や煎じ薬として使う分には危険はありません。そもそも僧以外のトゥルーク人は藍王木と白籠岩にそのような使い道があることすら知らないのです。羅合の製法は僧院が長らく守ってきた秘密でした」

「すると僧侶の誰かが外部に洩《も》らした？」

「あり得ません」

見事に三人の声が揃った。

「羅合の製法を知るものは僧侶の中でもごく一部の者に限られております。トゥルークの僧侶は戒律によって嘘は言えません」

「既に全国の僧院を通じて確認を取ってあります。羅合の製法を外部に洩らしたかという問いに対し、全員が『否《いな》』と答えています」

ケリーとジャスミンは眼を丸くした。

秘密をしゃべった人は白状してと促《うなが》し、みんな『やってません』と言うから内通者はいないという。

口八丁手八丁に嘘も方便、時には二枚舌《じた》さえ駆使するのが当たり前だった大財閥当主の二人には理解しがたい理屈だが、相手は大真面目だ。

ダレスティーヤが苦悩に満ちた表情で言う。

「海賊がどのような手段をもってこのような薬物を精製するに至ったのか、どこまで蔓延《まんえん》しているのか——恥ずかしながら我々には皆目見当がつきません。ただ一つはっきりしているのは早急《さっきゅう》にこれをやめさせなくてはならないということです」

エルヴァリータも憂慮の表情で頷いた。

「既に連邦主席のお友達や大使を陥落させています。このまま放置しておいたら大変なことになります」

恐ろしい話だった。心身ともに健康に見えながら薬を手に入れるために平気で犯罪に手を染める。

それはもう薬の奴隷である。

社会的地位のある人間をそこまで狂わせるのだ。

一国の元首がこの薬に冒されでもしたらいったいどんなことになるか考えたくもない。

一世が深い息を吐いてケリーとジャスミンを見た。

「お二人とも。お聞きのとおりです。事態は思った以上に悪い方向に進んでいるらしい」

「そのようですな」

ケリーは少し考えて確認を取った。

「羅合の実物を提供してもらうことは可能ですか」

三人のトゥルーク人はゆっくり首を振った。

穏やかではあるが、それは決してできないという無言の拒絶だった。

「ミスタ・クーア、ミズ・クーア。我々は全面的にお二人に協力致します。もしトゥルーク内で調査が必要ならばいかようにも便宜を計らいます。ただし、羅合のことだけは内聞にお願いしたい」

「そうは言ってもこんな大事《だいじ》をお宅の首相に隠しておくわけにもいかないでしょうに」

「はい。これから打ち明けます」

一国の元首がそこまで後回しにされるとは、少々気の毒な話だが、一世が気掛かりそうに尋ねた。

「大問題になりは致しませんか？」

「表沙汰になればそうでしょうが、首相はこの件を公にはなさいません」

「A氏の事件が極秘に処理されたのと同じことです。真実は尊いものですが、すべてあからさまにすればよいというものではありません」

「ごもっともです。ならば、わたしどもにも多少の例外を認めていただけますかな。このことは孫には言わざるを得ません」

「心得ております。そして主席の口から連邦政府の中枢を担う方々に伝わることも想定しておりますが──そこまでにしていただきたい」

「わかりました。ミスタ・クーア、ミズ・クーアも。よろしいでしょうか?」

「俺たちなら問題ありません」

「話すにしても秘密を守れる相手に限定しますよ。──たとえば夫の黒い天使とかにね」

トゥルーク人三人はいっせいに右の拳《こぶし》を左の胸に当てて頭《こうべ》を垂れた。どうやら、彼らにとってルウは相当な崇拝《すうはい》の対象らしい。

雲を摑むような話だが、幸い手がかりもある。

一世の傍らに置かれた小さな卓には茶器の他に、写真が八枚並んでいる。

いずれも軍服を着た男性の上半身像だ。

今までトゥルーク領海内で海賊に出くわしながら取り逃がした艦長たちの写真である。

ケリーは写真を一枚取り上げて言った。

「まずはここからだ」

2

緩《ゆる》く波の打ち寄せる青い海と、燦々《さんさん》と陽《ひ》の当たる白い海岸が広がっている。

連邦第八軍第十二艦隊所属駆逐艦《くちくかん》《フリーマン》艦長のカール・ミラン中佐は久々の家族との休暇を楽しんでいた。

中佐は細身の細面の、軍人には見えない優男だが、軍服の胸には勲章がいくつも輝く優秀な軍人である。

十一歳のチャーリーと八歳のアリスは、大好きな父親と一緒の休暇で大はしゃぎだった。

何度も海に飛び込んでは波と戯《たわむ》れている。

職業柄《がら》どうしても子どもたちと離れていることが多い父親は、二人とも大きくなったものだと感慨《かんがい》に耽《ふけ》っていたが、同時にはちきれんばかりの活力《エネルギー》に振り回されていた。

何しろ子どもの動きは予想がつかない。二人とも疲れ知らずにはしゃぎ回る。

ついには現役の軍人ながら四十二歳の中佐が先に音《ね》を上げた。

「一休みしよう。お父さんはお腹がぺこぺこだ」

父親の提案に子どもたちは歓声を上げた。

浜辺を少し下がると、鮮やかなパラソルを広げた屋台店がいくつも並んでいる。

冷たい飲み物にアイスクリームやシャーベット、もちろん軽食も売られている。二人はウィンナーにコーンブレッドの衣をつけて揚げたコーンドッグや、ソーセージに野菜をたっぷり載せてチーズを掛けた蕎麦《そば》粉のオープンサンドなどをお腹いっぱい食べて、冷たくて甘いものもあっという間に平《たい》らげた。

浜辺には他にも大勢の家族連れが来ていて、思い思いに楽しんでいる。

息子はその中に同じ基地の友達を見つけたようで、

歓声を上げて一緒に海へ駆け出していった。

妻も娘に付き添って化粧室に行き、一人になった中佐はやれやれと息を吐いた。

家族といられる時間はかけがえのないものだが、任務中の日常とあまりに違いすぎて面食らう。

冷たいサングリアが喉《のど》に染みた。

日頃こんな甘いものは呑《の》まないので、それがまた新鮮である。暑い陽射しの下では特に美味《うま》い。

「やあ、中佐。ちょっといいかな」

声を掛けてきた相手を見て中佐は驚いた。

真っ赤なビキニの胸は眼を見張るほど量感豊かで、腰は大きく張っており、胴《どう》は見事にくびれている。

姿形も声も紛《まぎ》れもなく若い女性のものだったが、ただ一つ、寸法が半端ではない。百八十四センチの中佐が上を向かないと視線が合わないのだ。

今までこんな視線で女性と相対したことはない。

これだけでも中佐はかなり驚いたが、軍人として人の顔を見分ける訓練を積んだ中佐は、この相手と会うのは初めてだと直感した。

「カール・ミランだ。そちらは？」

「ジャスミン・クーア」

思わず怪訝《けげん》な顔になった中佐に、女は大きな肩をすくめてみせた。

「ふざけてるわけじゃない。本名なんだ。そもそも偽名でこのビーチには入れないだろう」

ここはセントラル星系内にあるオアシスで、連邦軍人専用の厚生施設である。

本物に見える青い海も白い砂浜も実は人工物だ。

灼熱《しゃくねつ》の太陽も同様で、いくら強い陽射しを浴びても日焼けすることはない。

色白で、日焼け止めを塗らないとすぐに真っ赤になってしまう中佐にはありがたい。

海の他にも森林地域に高原、牧場、湖沼地帯など楽しめる場所は盛りだくさんで、高級感を味わえる豪華な宿泊設備も備わっている。

このオアシスは一般の航宙図には載っていないし、

Rika.S

入港に際しては厳しい身元確認も行われる。

自分で言ったように、このビーチにいるからには、クーア財閥二代目総帥《そうすい》と同じ名前を持つこの女性は軍関係者に違いないが、どうも釈然としなかった。

見ず知らずの相手に話しかけるにしては親しげで、そのくせ女の眼差しは妙に鋭かったからだ。

「トゥルークでは大変だったらしいな」

「何?」

「ここで会えたのはちょうどいい。貴官と世間話がしたくてな。威嚇《いかく》射撃まで行っていながら海賊船を取り逃がした理由が純粋に気になるんだ」

中佐はますます胡乱《うろん》な眼で女を見た。

この女の口調も態度も軍人の匂いが濃厚にするが、世間話にしては穏やかではない内容である。

ミラン中佐の指揮する艦が惑星トゥルークのあるカトラス星系で海賊船にしてやられたのは事実だが、任務の失敗を世間話の種にする軍人などいるわけがない。二年も前の話なのに、未《いま》だに思い出すだけで苦いものがよぎるのだ。その件に関しては何も言うことはないと中佐が言おうとした時、妻のヘレンが娘を連れて戻って来るのが見えた。

それを機に女の相手を切り上げて、妻と娘の元に歩み寄ろうとしたら、不意に水着の男が中佐と妻の間に割って入ったのである。

恐ろしく背の高い男だった。百九十センチを優に超えているだろう。ちらりと見えた横顔は野性味と甘さを兼ね備えており、引き締まった体軀《たいく》は妬心《としん》を抱《いだ》きそうになるほどの肉体美を誇っている。

「すみませんね、奥さん。ちょっとご主人にお話があるもんですから、ご主人をお借りします」

にっこり笑いかけられたヘレンは呆気《あっけ》に取られて中佐を見た。当然、夫の横に立っている大きな女に気づいて戸惑いの眼を向けたが、女も妻をなだめるように笑いかけた。

「せっかくの休暇中にお邪魔して申し訳ありません、ミラン夫人。二、三、ご主人にお尋ねしたいことがあるだけです。すぐに済みますので、ご心配なく」

任務に関わることなら家族と言えども口出しは無用だ。ヘレンはその点をわきまえた女性だったので、娘のアリスに笑顔で話しかけた。

「パパはお友達とお話があるんですって。向こうで待ってましょうね」

友達などではないし、話など何もない。

そう言おうとした中佐は、男の琥珀《こはく》色の眼差しに気づいて口をつぐんだ。押しつけがましいものでも高圧的なものでもなかったが、妙にもの言いたげな、無言の威力を感じ取ったからだ。

その男に飲み物を差し出しながら女が言う。

「貴官が上層部に提出した報告書を見たが、『原因不明の機械の不調により』海賊船を取り逃がしたとあった。あれがどうにも解《げ》せなくてな」

飲み物を受け取った男も言った。

「話せる範囲でかまわないから聞かせてくれないか。俺はこの女の亭主でケリー・クーア」

「ふざけた名前だな」

顔ではわざと苦々しげに言いながら、中佐は内心、仰天《ぎょうてん》していた。

上層部に提出した報告書に眼を通したと、二人は言っている。そんなものは部外者はもちろんのこと、八軍の同僚だって眼にする機会などないはずだ。

ひょっとして、この二人は諮問《しもん》委員会の人間かと疑ったが、夫婦で質疑にあたるというのがそもそもおかしい。自称夫婦という可能性もあるが、中佐はなぜか『それはない』と感じた。この二人は本当に（恐ろしくそれらしくないが）夫婦なのだろうと。

しかし、灼熱のビーチで真っ赤なビキニ姿で質疑されても返答に困る。著《いちじる》しく緊張感に欠ける。

中佐の心境を察したのか、男が笑顔で言った。

「そんなに警戒しないでくれよ。ここは連邦会議の法廷じゃないし、あんたは休暇中だ。俺たちはただあんたに聞きたいことがあるだけなんだ」

「そうとも。我々に貴官を処罰する権限はないし、この会話も聞き取り調査ではない。本当に世間話をしたいだけなのさ。二年前の件に関して貴官は何の処分も受けていない。ということはあれは純然たる事故だったのか？」

中佐は諦《あきら》めて深い息を吐いた。

「いいや。明らかに任務の失敗だ」

世間話を装っていても、この二人は自分に対する何らかの調査を行っていると中佐は確信していた。

ただし、珍しくも自分には拒否権があるらしい。

つまり話せる範囲のことを言えばいいのだろうと中佐は判断した。もともと軍から口外を禁止されているわけではない。ただ、あまりに腹立たしく苦い記憶なので極力口にしたくないだけだ。

「俺が遭遇《そうぐう》した海賊船は——推定三万トン級だった。型式は特定できなかったが、どうせ民間船を違法な手段で改造して攻撃能力を持たせたものだろう」

「——攻撃されたのか？」

「奴らも連邦軍の艦艇を攻撃するほど馬鹿じゃない。狙われた貨物船が完全に足を止められていた。その状況を確認して、俺は海賊船の機関部を撃つように砲術長に命じた。海賊船には跳躍反応が出ていて、ぐずぐずしていたら奴らはショウ駆動機関《ドライヴ》で逃げる。阻止するためには船体に穴を空けるのが一番だ」

正しい判断だとケリーとジャスミンは思った。

穴の空いた船体ではショウ駆動機関《ドライヴ》を作動させることはできない。即座に事故に繋《つな》がるからだ。推進機関を止めてしまえば逃げることも不可能である。

目標の海賊船は略奪のために大幅に減速している。止まっていると言ってもいいほどだ。動かない的を外すわけがない。中佐には充分に勝算があった。

それなのにだ。

「——砲撃が逸《そ》れた」

「は？」

「何？」

この二人にして思わず眼を丸くし、間抜けな声が出てしまった。そのくらい衝撃的な言葉だった。

「連邦軍の駆逐艦が？　動かない的を外した？」

「馬鹿な。プロフェット級駆逐艦は確かに旧型だが、それほど性能の低い艦ではないはずだぞ」

「俺もまったくもってそれを言いたい」

中佐はこれ以上ないほど苦り切った顔で答えた。

「すぐさま感応頭脳に確認したが、目標捕捉装置は正常に作動中だった。砲術長の指示も的確だった。これは航宙記録にきちんと残っている。だからこそ、命中するはずの砲撃がなぜ外れたのか理解できない。ただちに第二射を命じたが、これが致命的な時間《タイム》損失《ロス》になった。海賊船はまんまとショウ駆動《ドライヴ》機関を作動させて、拿捕《だほ》した貨物船ともどもカトラス星系から消えたんだ」

「海賊が何か妨害装置を使っていたのか？」

ジャスミンは真剣そのものの表情で尋ね、中佐も真顔で首を振った。

「それらしいものは何も感知してない」

「じゃあ、現場の宙域に問題があるんじゃないか？　局所的な重力渦《うず》か、宇宙塵《じん》か……」

ケリーも指摘した。

「妨害性質を持つ粒子の飛散の可能性もあるぜ」

「俺も現場に何らかの要因があると考えた。むしろ、そうであって欲しかったんだが……」

「異常なしだったのか？」

「残念ながらな。後日、同型艦が同宙域で試験的に砲撃してみたところ、普通に的に命中したそうだ」

もちろん本来ならそうあるべきなのだ。

中佐は苦り切った顔で続けた。

「——この件で砲術長と機関長が大喧嘩《おおげんか》だ。お互い自分の仕事に誇りと責任を持っているから当然だが、砲術長は目標捕捉装置の表示が狂っていると主張し、機関長は整備に抜かりはない、万全だと言い切った。そして困ったことにどちらも正しかったんだ」

もっとも困惑していたのは艦長のミラン中佐だ。

自分の艦でこんな怪奇現象は極めてありがたくない。

総員に指示を出し、故障原因と考えられるものを徹底的に捜索したが、艦内ではいかなる異常も発見できなかったのだという。

ケリーが気の毒そうに言った。

「それじゃあもう、残るは目標捕捉装置そのものが故障してたとしか考えられないぜ」

中佐は苦い顔のまま、ちょっと笑ってみせた。

「俺も最終的にはそれしかないと結論づけた。原因不明の故障だと。新品の装置と交換するしかないと。ところが、母港に戻って工廠《こうしょう》に艦《ふね》を引き渡した後、現場監督の少尉に言われたよ。壊れていない装置の交換はできないとな」

今度はジャスミンが多大な同情の顔つきになった。

『現場監督』は軍人が使う隠語である。

どんな世界にも学歴優先の選良《キャリア》と現場の叩き上げ《ノン・キャリア》がいる。工廠にもいる。駆逐艦の修理・整備を担当する責任者の造船士官は前者で、大学を出て数年の若い中尉か大尉が務めている。

この若造がそんなことを言ってきたなら遠慮なく一喝《いっかつ》できるのだが、この責任者はいわばお飾りだ。艦の修理や整備を勉強してこいと送り出されている立場なのだ。知識はあっても経験に乏しい責任者を補佐する（実際にはびしばし鍛《きた》える）ために年配の部下がつくのが普通で、この部下が事実上、現場を仕切っているのである。

技術兵からの叩き上げだから階級は准尉か少尉と低いのだが、卓越した技術と経験で工廠で働く技術者たちを従えている実力者だ。この人を無視しては何もできない。上官である造船士官のほうが顔色を窺《うかが》っているくらいの文字通りの現場監督である。

そんな人が故障はないと断言したのだ。

ジャスミンも以前は連邦軍人だった。それだけに中佐の心境たるや察するにあまりあるものがある。

「そんな馬鹿な、調べ直せと怒鳴《どな》りたいところだが……言えないいな」

「言えん」

中佐といえども現場監督の少尉を叱責《しっせき》などしたら

大変な事態を招く。『親爺《おやっ》さんになんて口を！』と、工廠の人間を残らず敵に回してしまう。

何より、その少尉はプロフェット級駆逐艦が就航して以来ずっと修理や整備に当たってきた熟練者《ベテラン》だ。艦のすみずみまで知り尽くしている専門家なのだ。

中佐も少尉の仕事ぶりには一目置いていたから、その少尉の調査結果ならばどんなに心外であっても受け入れざるを得なかった。

「カトラス星系で何があったかは報告していたから、少尉は目標捕捉装置だけでなく感応頭脳が故障した可能性も考慮したらしい。軍用頭脳専門の技術者や管理官まで用意して徹底的に調べてくれて、むしろ気の毒そうに言われたよ。『どこにも異常はない。あんたの艦は万全だ』ってな」

ケリーが呆《あき》れたように言った。

「あんた、よくそれで処罰されなかったな」

艦艇を指揮する責任者として原因不明の不調ではすまされない。監督不行届を責められてもおかしくなかったところだ。中佐も同様に思っていたようで、軽く肩をすくめてみせた。

「噂《うわさ》だが、他軍の艦にも似たような事例が頻発《ひんぱつ》していたらしい。——誰もこんなことは他軍の連中には言わないから広まってはいないがな」

共和宇宙連邦軍は第一軍から第十二軍まであるが、これらはまったく別の組織だ。

連邦は意図的に様々な軍にカトラス星系の警備をやらせているが、別組織であるだけに他軍の情報はなかなか入ってこないのだろう。

「当たるはずの砲撃が当たらなかった事実について貴官はどう思っている？」

ジャスミンの問いに中佐はしばし考え込んだ。

「俺は——あの宙域が原因じゃないかと思っている。うまく言えんが……何かがあるんじゃないかと」

「何かとは？」

「それがわかれば苦労はない」

「あの宙域というのは貴官の《フリーマン》が的を

逸らした宙点のことか？」

「いや、カトラス星系全体のことだ。負け惜しみに聞こえるのは百も承知だが、あそこを警備中に原因不明の不調に見舞われたのは俺の艦だけじゃない」

「というと、他軍の艦も砲撃が逸れたのか？」

「言っただろう。他軍の連中は口は割らんと。俺も他軍の事情は何も知らんよ。ただ……」

言いながら、中佐は素早く周囲に眼を走らせた。

知り合いがいないことを確認したらしい。

その上で、いっそう声を低めて続けたのだ。

「半年前、カトラス星系の警備に当たっていたのは八軍《うち》のノースブルック級駆逐艦《デリンジャー》だ。最新型の艦だが、その《デリンジャー》が——探知範囲内にいながら、しかも周辺宙域は安定していた——その状況で救難信号を受信し損ねた」

大型夫婦の眼が揃《そろ》ってまん丸になった。

救難信号というものはその性質上、広範囲に届く仕組みになっている。探知可能範囲に他の宇宙船がいたなら必ずそれを受信することを宇宙生活の長い二人は知り抜いている。

「冗談だろう⁉」

二人とも思わず叫び、中佐は顔を歪《ゆが》めて笑った。

「二年前、俺もまさに同じことを叫びたくなったよ。《デリンジャー》艦長のトムセンもだ」

「知り合いなのか？」

「ああ、だからトムセンも俺に話してくれたんだ。本来なら口が裂けても他人には言いたくない話だが、同じ経験をしているからだろう。『初めておまえの気持ちがわかったぞ』と青い顔で唸《うな》っていた」

救難信号を発したのは貨物船《ロングホーン》。海賊船に見つかり、攻撃を受けた時点で《ロングホーン》は救難信号を発信した。近くに連邦軍の駆逐艦がいることはわかっていたからだ。

祈るような思いで救助を待ったが、駆逐艦が駆けつける前に海賊船に推進機関を破壊され、乗組員は総員退去しろ、さもないと船橋をぶち抜くと脅《おど》され、全員、命からがら脱出艇で避難した。

後に救助された彼らの証言で《デリンジャー》の救助義務放棄《ほうき》が問題になったのだという。

《ロングホーン》が救難信号を発した時刻と座標、その時点で《デリンジャー》が航行していた位置を照らし合わせると、間違いなく《ロングホーン》の救難信号を受信するはずの距離だったのだ。

宙域も安定しており、これで救難信号が駆逐艦に届かないということはあり得ない。

しかし、救助義務放棄を問われたトムセン中佐は仰天した。《デリンジャー》の乗組員たちもだ。

通信長は問題の時刻にはいかなる通信も信号も受信していないと断言し、《デリンジャー》の感応頭脳の記録もそれを裏付けるものだった。

トムセン中佐は最大限、言葉に気をつけながらも《ロングホーン》乗組員の勘違いだろうと主張した。

救難信号を発信した時には海賊船の攻撃によって既に《ロングホーン》の信号装置は破壊されており、正常に作動しなかったのだろうと。

一時はその方向で事態は終結するかに思われたが、一ヶ月後、抜《ぬ》け殻《がら》になった《ロングホーン》船体が約三十光年離れた場所で見つかった。

感応頭脳は破壊されていて、海賊について詳しく聞くことはできなかったが、航宙記録は予備の記憶装置の中に無傷で残っていた。

その航宙記録に問題の時刻に救難信号を発信した事実がはっきり残されていたのである。

それだけではない。調査範囲を広げた結果、惑星トゥルークの素人《アマチュア》通信技師が《ロングホーン》の救難信号を傍受《ぼうじゅ》していたことがわかったのだ。

攻撃されてもまだ《ロングホーン》の信号装置が生きていたことが証明されてしまったのである。

ケリーとジャスミンは恐ろしく深い息を吐いた。

「当然、《デリンジャー》も工廠行きだな?」

「そうだ」

「何も出なかったんだな?」

「そうだ」

「現場検証の結果、その距離ならノースブルック級駆逐艦は《ロングホーン》の救難信号を間違いなく受信できることが確認されたんだな？」

「そうだ。現場検証に当たった艦の報告では耳元でわんわん叫ばれているほど大きく聞こえたそうだ」

たとえが少々大げさだが、つまりはそのくらい、聞き逃すことはあり得ないということだ。

「《デリンジャー》が救難信号を受信し損ねたのと、《フリーマン》が的を外した宙点は——」

「まったく別だ。星系の端と端くらいに距離がある。だからこそ、あの星系自体がおかしいと言うんだ。これは俺だけの感想じゃないぞ。原因不明の不調で海賊船を取り逃がすたびに各軍が調査隊を組織して現場に向かわせているはずだが、どんなに調べても何も出ないんだ。もっとも、現場に異常がない以上、普通に考えたら俺やトムセンの失態《ミス》なんだろうが」

「しかし、あんたはあんたで、現場の手順に狂いはなかったと思ってるんだろう」

中佐は鋭い眼でケリーを見て頷《うなず》いた。

「なかった。それは自信を持って断言できる。敵船を発見、警告後、威嚇射撃、応じない場合は照準に捉《とら》えて砲撃する。何百回となく訓練でやったことだ。間違えようがない」

「いっそミサイルをぶちかましたらよかったのに。それなら遠距離からでも確実に当たるだろうぜ」

「残念だが、我々に許されているのは拿捕までだ。撃沈はなるべく避けるようにと言われている」

「へえ、そりゃまた何でだ？」

この疑問に答えたのはジャスミンだった。

「船は奪われても、まだ海賊による犠牲者が一人も出ていないからだろう」

「そういうことだ」

たいていの海賊船は民間船を改造して使っている。言うまでもなく、連邦軍の艦艇とは性能に雲泥《うんでい》の差があるのだ。大破させることなく拿捕して当然と思われるのも頷ける。

しかし、海賊船に出し抜かれ続けているのもまた事実だ。中佐はちょっと躊躇《ためら》ってから言った。

「これは決定事項だから話しても問題ないだろう。八軍は近々、駆逐隊をカトラス星系に派遣する」

「ほう？　一隊か？」

「いや。二個編成だ」

「大がかりだな。貴官も行くのか？」

「その予定だ」

端整な中佐の顔がある決意に引き締まっていた。

「正直あそこには二度と戻りたくなかったが、何があるのかを確かめるいい機会だとも思っている」

二年前のけりをつけようというのだろう。

「それじゃあ、向こうでまた会うかもしれないな」

ケリーが言うと、中佐はちょっと笑った。

「カトラスでは外国籍の民間船は珍しい。海賊船に間違われないように気をつけろよ」

「ああ、そうする」

二人は中佐と別れて砂浜を歩き出した。

ここへ来たのは最初は中佐の人となりを確かめるだけのつもりだった。

ところが、実際に砂浜で子どもたちと遊び、妻に笑いかける中佐の様子を見ると、どうも勝手が違う。

家庭では善人のふりをする悪人など山ほどいるが、ミラン中佐はどう見ても子煩悩《こぼんのう》な優しい父親であり、妻を心から愛する良き夫に見える。

ジャスミンもケリーも大財閥の総帥として、数え切れないくらいの人と接してきた。

人物を見る眼にはそれなりに自信がある。

それで正面から声を掛けてみることにしたのだ。

ジャスミンと並んで歩きながらケリーは呟《つぶや》いた。

「あれはいい軍人じゃないか？」

「ああ。任務に忠実で、信念を持ちながら、柔軟な思考も忘れない。信頼に足る人物だと思う」

「どうもわからん。あの天使が珍しく目利き違いをやらかしたか？」

二人がミラン中佐に会いに来たのはルウの助言によるものだ。

ケリーは、惑星トゥルークでちょっとした問題が起きていると説明した上で、これまで海賊船を取り逃がした艦長たちの写真を示し、『この中の誰かがその問題に関与しているらしい、見てくれないか』と頼んだのだ。

そしてルウが選んだのがミラン中佐の写真だが、あの黒い天使はこんなことを言っていた。

「だけどこれ、確実じゃないよ。強《し》いて言うなら、この人かなくらいの感じだね」

その時のことを思い出してジャスミンは言った。

「――間違えたわけではないと思う。わたしたちも一世も、連邦軍の艦艇が海賊船に後れを取ることはあり得ないと考えた。必然的に海賊を取り逃がした艦長たちのうち誰かが海賊と繋がっているはずだと判断したわけだが……そもそも最初から内通者などいなかったと考えたらどうだ?」

「賛成だな。ありゃあ人に言えるような話じゃない。ミラン中佐を責められねえよ。軍人じゃなくても、船乗りなら誰だって貝みたいに口を閉ざすぜ」

「同感だ。どんなに言い訳じみていても原因不明の不調によるものだとしか言えない。つまりおまえの天使は八人の駆逐艦長の中でもっとも詳しく事情を話してくれそうな人を正しく選んでくれたんだ」

「いっそあの天使に何がどうなっているのか占ってくれと言いたいところだが……」

「それはあまりに他力本願が過ぎるぞ、海賊」

「わかってるよ、女王」

水着を着替えて、埠頭《ふとう》に停泊していた《パラス・アテナ》に戻ると、中央座標《セントラル》から通信が届いていた。

連邦事務局からで、トゥルークに入国するために必要な船籍符号《コード》が取得できたという。

何しろ一般渡航禁止の星だから、入国する際にはトゥルーク側に今度こういう船が行きますと事前に連絡しておく必要があるのである。

ダイアナが笑いながら言った。

「わたしは今後しばらくルンドの宇宙物質調査船《パラス・アテナ》ってわけね」

もちろん乗員の情報も提出する必要があるので、ケリーもジャスミンも架空の履歴《りれき》を用意していた。ルンドの宇宙地質学者夫婦という設定である。

後はトゥルークに向けて出発するだけのはずだが、ダイアナが不思議そうに言ってきた。

「それがまだ渡航手続きが完了していないみたい。下記の場所に折り返してくれですって。事務局内の法務部みたいだけど、どうする？」

「連絡をくれって言うなら仕方ないだろう」

指定の連絡先に掛けると、しばらく待たされた後、通信画面に四十年配の男の顔が現れた。

「トゥルークへの渡航許可の件ですね。初めまして。法務部のベイカーです」

「どうも。よろしく」

「さっそくですが、トゥルークへ渡航申請したのはルンドの調査船《パラス・アテナ》。乗員は船長のあなた、ケリー・クーアと、奥さまのジャスミン・クーアの二名で間違いありませんか？」

「ありませんよ」

「結構です。では今から電子書類を送りますので、署名捺印《なついん》して返送してください。それで渡航申請が完了となります」

物々しいことだと呆れたが、一般渡航禁止の星だ。このくらいの煩雑さは仕方がないかと思いながら書類が届くのを待った。

中央座標《セントラル》から転送されてきた書類はほんの数秒で《パラス・アテナ》に届いた。

冒頭に大きく宣誓書と書かれている。

単なる手続きだろうと思いながらその内容に眼を通したケリーはしばらく沈黙した。

次に琥珀色の眼を光らせ、何とも言えない口調で画面に映るベイカーを問《と》い質《ただ》した。

「何だ、これは？」

「惑星トゥルークへの渡航許可に必要な手続きです。同意して署名していただかないと、トゥルークには入国できません」

「寝言はよしやがれ」

役人相手に恐ろしく乱暴な台詞《せりふ》を吐き捨てると、ケリーは意図的に感情を殺した口調で書類の内容を読み上げたのである。

「惑星トゥルークの対地同期軌道——平均して高度三万六千キロメートル——以下は決して飛行しない。これに違反した場合は船体にいかなる物理的攻撃を加えられても、その結果、船体が破損もしくは全損、さらに乗員が死亡する事態となっても、いっさいの異議を申し立てずに了承する。——何だこれは⁉」

「ですから、渡航に必要な手続きの一環です」

ケリーは腹の底から唸った。

「……この物騒な宣誓書がか？」

横で聞いていたジャスミンも唖然《あぜん》としていた。

要するに惑星トゥルークの地表から三万六千キロメートル以下を飛んだら、船を破壊されても乗員が死んでも文句は言わないと誓《ちか》えというのだ。

「——そんな無茶苦茶な話があるか！」

この女王さまにそれを言われてはおしまいだが、ケリーもまったく同感だった。

「事情を説明してもらいたい。どういうことなんだ。トゥルークでは内戦でも勃発《ぼっぱつ》してるのか？」

外国籍の船に飛行制限を課すこと自体はそれほど珍しくない。議会や元首の官邸の上空などは自国の飛行機でも飛行禁止区域になっている場合が多い。

内戦勃発中なら飛行禁止区域が過剰《かじょう》に設定されていてもおかしくないが、それにしても惑星丸ごと、宇宙空間まで飛ぶなとはいささか常軌を逸している。

ベイカーはこんな拒絶反応には慣れているようで、見事なくらい事務的に応対した。

「この宣誓書の内容はトゥルーク側から提示されているものです。わたしどもに説明義務はありません。この書類に署名していただかない限り、渡航許可は出せないというだけです」

　お役所の常だが、痛いところを突いてくれる。

　ケリーは苦り切った顔で舌《した》打ちした。

「……返答は保留にさせてくれるか？」

「結構です。ご連絡をお待ちしています。書類さえ転送していただければ、後はこちらで計らいます。ですが、クーア船長。くれぐれもご忠告しますが、許可を得ずにカトラス星系に赴《おもむ》くことだけはやめていただきたい。最悪の場合、連邦から母国ルンドに正式に抗議することになりかねません」

「……了解」

　通信を切ったケリーとジャスミンは唖然として、互いの顔を見合わせた。

「……どうなってるんだ？」

　ジャスミンが茫然《ぼうぜん》と呟き、ケリーも苛立たしげに頭を振った。

「坊さんの多い平和的な星だと思ってたんだがな。――ダイアン。《ピグマリオンⅡ》は今どこだ？」

「ベロー宙域で仕事中よ。――繋ぐ？」

「最優先で頼む」

《ピグマリオンⅡ》は一般渡航禁止のトゥルークに降りたことのある数少ない民間船の一隻だ。

　遠く離れた《パラス・アテナ》からの呼び出しに応えたのは航宙士のジャンクだった。

　ケリーの顔を見て笑いかけてくる。

「よう、久しぶりじゃないか」

　ケリーは一時的に《ピグマリオンⅡ》の操縦席に座ったこともあるので、乗員とも顔なじみなのだ。

「船長はいるかい？」

「仮眠室だ。ちょうどいい。そろそろ交代の時間だ。内線を回すから叩き起こしてやってくれよ」

　長年組んでいるものだから船長に対する敬意などあったものではない。

「おーい、交代の時間だぜ、ちびすけ」

　ケリーがわざと大声で呼びかけると、通信画面に不機嫌極まりない寝起きの顔が映った。

「……それはよしてくださいと言ってるでしょう」

ダン・マクスウェルは四十五歳になる。

ケリーとジャスミンの間に生まれた実の息子だ。

(今では両親より年上だが) ケリーは未だに人気のないところでは子どもの頃さながらに『ちびすけ』呼ばわりするので、この息子は自分より若い父親を非常に苦手にしている。

それ以前に一度死んで葬式まで出しておきながら若い男前になってしれっと生き返って来たという、苦手にするのに文句のつけようのない理由がある。

よそよそしく応対するのが常だったが、ケリーがトゥルークへ行くことになったと告げると、ダンの態度は一変した。真顔で問い返してきた。

「トゥルークに降りる？　あなたが？」

「ああ」

「それは――ご愁傷《しゅうしょう》様です」

深々と頭を下げて言うので《パラス・アテナ》の操縦席で若い父親は嘆息《たんそく》した。

「……ちびすけ。他に言うことはないのか？」

この時ばかりは父親の揶揄《やゆ》も気にならないようで、ダンは恐ろしく真剣な顔で言ってきた。

「大いにあります。お母さんにはくれぐれも行動を慎むように言っておいてください。あの人のことだ。『ちょっと一回りしてこよう』と言って気軽に飛び出して行きかねないが、それだけは絶対にだめです。惑星トゥルークでそんなことをしたらクインビーと言えどもただではすみません」

そのジャスミンが横から口を出した。

「船長、そこを聞かせてほしいんだ。連邦の役人が対地同期軌道以下の宙域は絶対飛ぶなと言うんだが、理由は何なんだ？」

「撃ち落とされるからです」

ジャスミンもケリーもぽかんとなった。

あんまりさらりと言われたので耳を疑ったのだ。

ケリーがようよう声を発する。

「何に撃たれるって？」

「いろいろありますよ。対空ミサイル、対空粒子砲、超長距離エネルギーライフル、対衛星高射砲――」

「――ちょっと待て！」

ケリーは慌《あわ》てて息子の言葉を遮《さえぎ》った。

「そんなものがトゥルークにはあるのか？」

「ええ、山ほど」

「山ほど⁉」

両親があまりにも驚いているので、ダンは却《かえ》って不思議そうな顔になった。

「ご存じないんですか？　そもそも何が目的であの星へ行くんです？」

「そいつは浮き世の義理ってやつでな。おまえでも言うわけにいかねえんだよ」

そこは船乗り同士である。ダンは笑って頷いた。

「いいでしょう。理由は聞きません。しかし、あの星へ行くなら最低限の講習を受ける必要があります。他ならぬあなたたち自身の命と船を守るためにね」

ジャスミンが呆気に取られて尋ねた。

「あそこは……そんなに危険な星なのか？」

「学者や政治家にとっては極めて平和な星ですよ。何も危険なことはない。ただし、船乗りにとっては危険なんて段階《レベル》じゃない。最悪と言っていい」

断言して、ダンは大真面目に両親に忠告した。

「あの宣誓書は決して大げさなものではありません。不用意にトゥルークの地表に近づいたら間違いなく攻撃されると覚悟してください。断っておきますが、警告などされません」

「警告なしで⁉」

「誰が撃ってくるって言うんだ⁉」

「僧侶ですよ、もちろん」

ケリーもジャスミンも今度こそ絶句した。

二人して頭を抱えて突っ伏したが、ジャスミンが気力を振り絞って問いかけた。

「……ダニエル。悪いが、まるで話が見えないんだ。わたしたちにわかるように説明してくれないか」

本名を呼ばれてちょっぴり苦笑した息子は、この両親が何も知らないことに驚いていた。

「あなたたちにトゥルーク行きを依頼したのが誰か知りませんが、ずいぶん手際が悪いな……」

このままでは現地へ赴いた二人が大暴れするのは眼に見えている。仕方がない。自分が臨時講師役を務めるしかないらしい。

「惑星トゥルークには相当な数の僧侶がいることはご存じですか？」

「知ってる」

「カトラス星系に大規模な小惑星帯があることから、トゥルークは昔からかなりの隕石《いんせき》被害に見舞われてきたことは？」

それは知らなかった。

沈黙で答えた両親に、ダンはいささか複雑な顔で説明したのである。

「そのせいでトゥルーク最初の入植者は持っていた技術《テクノロジー》をほとんど失ったらしい。何分、数百年前の話ですから、どこまで壊滅的な打撃を受けたのかは不明ですが、それ以来トゥルークの科学が中央とはまったく違う方向に進化を遂げてきたのは確かです。トゥルーク人は宇宙船は捨てても迎撃兵器は持った。今となっては持ちすぎるくらい持っているんです。——他にも少々非科学的と言える手段があの星では当たり前に活用されています。正直、どんな理屈かさっぱりわからないし、わかりたくもないんですが、あの星の僧侶は昔から隕石の接近を何らかの方法で予測してきたようなんです。予測するだけじゃない。そもそも対空砲や対空ミサイルなんて物騒な兵器は僧侶とはまったく無縁の代物であるはずなんですが、なぜかトゥルークでは迎撃兵器の操作も僧侶が受け持っていたようで、現在でもそうしているんです」

開いた口がふさがらない二人だった。

「坊さんが？　隕石を狙って？」

「地表から撃つ？　前時代的にもほどがあるぞ！」

思わず叫んだジャスミンだった。

「昔は不可能だったとしてもだ。今のトゥルークは立派な連邦加盟国だろう。連邦の援助で迎撃衛星を設置したほうが遥《はる》かに安全で安上がりだろうに」

「おっしゃるとおりですが、迎撃衛星を設置したらその迎撃衛星が地表から撃たれます」

「何だとぉ⁉」

ジャスミンが突拍子もない声を張り上げる。

ケリーはぴしゃりと額《ひたい》を叩いて息子を睨《にら》みつけた。

「……ちびすけ。ちょっと待て。まさかと思うが、トゥルーク人には隕石と迎撃衛星の区別がつかない――なんて言うんじゃないだろうな?」

「そうですよ。彼らにとっては一緒なんです」

規格外の両親を完全に絶句させるという離れ業《わざ》を無意識にやってのけたダンは感慨深げに話を続けた。

「わたしがあの星に降りたのは十年前、パーヴァル国際宇宙港が完成した直後でしたが、宇宙港の建設に関わった知人に盛大にぼやかれましたよ。『いつミサイルがこっちを狙って飛んでくるんじゃないかと思うと生きた心地がしなかった』とね」

だからそこがわからない。宇宙港の建設現場で、どうしてミサイル攻撃に怯《おび》えなくてはならないのか。

「トゥルークが連邦政府と結んだ条約のせいですよ。次の条件が含まれているんです。『他国の宇宙船が惑星トゥルークに着陸する際はパーヴァルの座標を中心とした半径十キロ圏内に限ること。離着陸に要する上昇下降も同半径十キロ圏内で行うこと、これ以外の場所では高度三万六千キロメートル以下の宙域は決して飛行しないこと』というものです。当然、パーヴァル国際宇宙港もパーヴァルの同期軌道上に建設されました。これなら常にパーヴァルの上に静止しているように見えますから容易に区別できます。物騒な兵器を担当する僧侶の皆さんも、あれだけは撃たないように気をつけることができるわけです」

目眩《めまい》がしてきた。

理解力を限界まで試されているなと感じながら、ケリーは何とか質問を続けた。

「……そんな馬鹿げた条件を出した理由は?」

「海賊船と区別するためだそうです」

トゥルーク側の言い分は次のようなものだった。

連邦の一員となることに異存はないが、この星は昔からたびたび宇宙海賊の被害に遭《あ》ってきた。今後も不審な目的でこの星に近づく船があったら、これまでそうしてきたように自分たちで撃退する。

そうした悪い船と友好的な船を区別するためにも、この条件はどうしても外せないというのである。

ダンはちょっぴり皮肉に笑った。

「トゥルーク人にとって宇宙《そら》からやってくるものは災厄でしかないんですよ。隕石も宇宙船も、下手《へた》をすれば人工衛星ですらも、いつ地上に落ちてくるかわからないという理由で迎撃すべき異物としてしか認識されていないんです」

今時まさかそんな惑星があるとは完全に予想外で、ジャスミンは深々と嘆息した。

「そこまで常識が通用しないとは思わなかったぞ」

「あなたには彼らも言われたくないでしょう」

さらりと放たれた息子の皮肉は華麗に無視して、豪快な母親は思案げに続けた。

「何百年も国際社会から孤立していた星だ。特異な考え方も仕方がないと理解はできるが、一つ疑問だ。なぜそんな辺境の星を海賊が頻繁《ひんぱん》に襲うんだ?」

「そうなんですよ。そこが謎なんです」

ダンも頷いた。

「ショウ駆動機関《ドライヴ》が登場する以前、カトラス星系に唯一跳躍できる《門《ゲート》》は数百年もの間、閉鎖状態が続いていた。重力波エンジンしか積んでいない船がカトラス星系に跳躍することは不可能なはずだった。ところが、実際には惑星トゥルークは何度も海賊の被害に遭っている。――あなたならこの矛盾《むじゅん》の理由を知っているんじゃありませんか?」

問いかけられたケリーは答えなかった。

嘆息して、他のことを訊《き》いた。

「……それで、実際に船が撃たれたのか?」

「ええ、死人が出なかったのが幸いだと思えるほど、ばんばん撃たれまくったそうです」

　パーヴァル国際宇宙港の建設が決まった後、現地調査や測量のために、連邦の依頼を受けた宇宙船が何隻もトゥルークを訪れた。

　その際『パーヴァルの上空、半径十キロ圏内』をちょっとでもはみ出ようものなら、即座に地表から容赦《ようしゃ》ない攻撃を浴びせかけられたのだ。

　幸いにも一発で致命傷になるミサイルこそ飛んでこなかったが、ほとんどの船が船体に穴を空けられ、命からがら逃げ出すはめになったという。

　こんなひどい目に遭わされた船主たちが雇《やと》い主《ぬし》の連邦に盛大に噛《か》みついたのは言うまでもない。

　驚いたのは次から次へと高額の損害賠償を請求された連邦だ。詳しい話を聞いて仰天した。

　どの船も連邦嘱託の民間船であり、入国に関してトゥルークの正式な許可を取っているはずである。

　それなのに警告なしに攻撃を加えるなどとは言語道断、国際法に照らし合わせれば決して許されない暴挙であると、猛然《もうぜん》とトゥルークに抗議した。

　この抗議は正当なものだが、トゥルーク側は心底当惑した態度で言ってきたのである。

「ですから、パーヴァルの半径十キロ圏外の場所で高度三万六千キロメートル以下は飛ばないようにと、事前にお願いしてあります」

　それはわかっているが、相手に違反するつもりはなくとも不測の事態というものがある。それなのに警告もしないとはあまりにも一方的過ぎる。死者が出たらどうするつもりだったのかと語気を強めたが、トゥルークの代表は再度、穏やかに繰り返した。

「ですから、そのような不幸を避けるために事前にお願いしてあるのです。そのお願いを無視する飛行物体は害意があるとみなさざるを得ません。これを放置はできません。撃退しなくては危険です」

　驚いたことにトゥルーク側は被弾した船に対して「お気の毒です」とは言っても謝罪はしなかった。

　連邦がその事実に不快の意を示すと、またもや、

「ですから、事前にお願いしてあります」

である。

見事なくらい話が嚙みあわない。

トゥルーク側の態度は一貫して穏やかで丁重で、このような不幸な事態を避けるためにも高度制限の遵守をお願い致しますと低姿勢ですらあって、結局、連邦が折れる羽目になった。

「これもその知人の愚痴《ぐち》ですが、『どんな悪人より善意の塊《かたまり》の良心的な人間のほうが恐ろしいと初めて知った』そうですよ。パーヴァル国際宇宙港を建設する間だけは少しだけ高度制限を甘くしてくれたようですが、機材を運ぶ輸送船や、宇宙空間で組み立てを行う作業船は、それはもう慎重に高度制限を守りながら工事を続けたそうです。何しろ足下には山ほど迎撃兵器がある。うっかり地表に近づいたら即座に狙い撃たれます」

ケリーもジャスミンも当時の作業員の心境を思い、何とも言えない気分になった。


特にケリーは当時、クーア財閥の総師として共和宇宙経済には詳しい自負があっただけに、この話をまったく知らなかったことに衝撃を受けていた。

「……何でこっちの耳に入らなかったんだ」

「当然ですよ。規模としては極めて小さな工事です。クーア財閥総師の耳に入るようなものじゃない」

確かにその通りではある。

共和宇宙に存在する居住可能型惑星は二百に近く、そのどこかで必ず宇宙港の建設が行われている。

ただ、ミサイルに狙われながらの工事は普通ない。

「何だってまあ……そんな思いをしてまで宇宙港をつくったんだか……」

「連邦側の強い希望だったんですよ。当時の連邦は、現在もですが、トゥルークに人員を送り込みたくて仕方がなかったわけですから」

「それはわかる。足がかりが欲しかったんだろう。重々わかっちゃいるが、トゥルーク側はどうなんだ。いやがらなかったのか?」

「知人が言ったように彼らは基本的に善意の塊なんです。『それをつくりたいのでしたらどうぞどうぞ、位置はパーヴァルの上がちょうどよいかと思います。ただし……』」

「——言うな。高度三万六千キロメートル以下にはつくってくれるな——なんだな？」

「そういうことです」

ジャスミンが疑問を投げる。

「しかし、その国際宇宙港が隕石の被害に遭ったらどうするんだ？」

「そのためにパーヴァル国際宇宙港には迎撃機能が備わっています。おかげで地元の人間は、この上は警戒しなくてもいいと喜んだようですよ」

「……意外にちゃっかりしてるんだな」

ダンは意味ありげな微笑を浮かべた。

「そうですよ。トゥルーク人は基本的に善人ですが、お人好しではない。ましてや愚《おろ》かでは決してない。

宇宙港の建設はトゥルークにも利があることだった。

それなのに建設費はほとんど連邦が負担しています。さらに言うなら宇宙港の完成後、地表への離着陸は全面的に禁止されました。現在では他国の宇宙船が高度三万六千キロメートル以下を飛ぶことは事実上不可能です」

「……ひでえ冗談だ」

ケリーは苦々しげに吐き捨てた。

ジャスミンが尋ねる。

「外国籍の船が飛べないなら、地表まで降りるのはトゥルーク製の送迎艇《そうげいてい》なのか？」

彼女の息子は何とも微妙な顔になった。

「あれを送迎艇と呼ぶのならそうでしょう」

「引っかかる言い方をするじゃないか、船長。何か問題でもあるのか？」

「大ありです。形は送迎艇に見えても、操縦機能のないものを『艇』とは呼べません」

「何だって？」

「あそこで使われている、宇宙港と地表を往復する乗り物には操縦機能がないんですよ。そもそも推進機関がない。地上設備と宇宙港の間に力場を設けて遠隔操作で往復しているだけの、言うなればただの箱です。昇降機《リフト》の中身が宇宙空間と地表を行ったり来たりしているだけだと思って間違いない」

ジャスミンは思いきり顔をしかめた。

「……地上に降りる手段はそれしかないのか？」

「そうです」

今にも嚙みつきそうな顔の母親が自分の眼の前にいなくてよかったと思いながら、ダンは忠告した。

「現地で何か借りようと思っているなら無駄ですよ。惑星トゥルークは重力仕様無重力仕様に拘《かか》わらず、外国人には絶対に飛行機の操縦許可は出しません」

物騒な唸り声を発したジャスミンは据わった眼で夫を見つめて、真顔で言った。

「トゥルークに降りるのはやめにしよう」

妻を見やって、ケリーはげんなりと言い返した。

「……俺も心からそうしたいところだがな、女王。今頃は向こうの首脳陣にも連絡が行ってるはずだぜ。依頼の内容を考えると、通信画面越しに『それではよろしく』では済ませられんだろうよ」

二人とも苦虫を嚙みつぶしたような顔になった。

今さらこの依頼はお断りしますとは言えない。

だが、間違ってもそんなものには乗りたくない。

そもそも一世からパーフェクションの話を聞いた段階ではまさかトゥルークがここまで突拍子もない惑星だとは予想だにしていなかったのだ。

珍しくもものすごい顔で苦悩する夫婦に、彼らの息子が追い討ちを掛けた。

「ですから最初に言いました。ご愁傷様です」

3

共和宇宙連邦加盟国は基本的に、自国の領海内に跳躍許容宙域というものを設定している。

これは他国の船がその国の許可を得ずに使用することができる安定した宙域のことだ。

国によっては跳躍許容宙域の傍《そば》にオアシスを置き、外国船相手にちゃっかり商売をしているくらいだが、トゥルークはこの跳躍許容宙域を設けていない。

カトラス星系に跳躍しようと思ったら、その都度トゥルークに連絡を取り、どこへ跳躍したらよいか許可を求めなくてはならないのだ。

さもないと領海侵犯を問われてしまう。

これだけでも相当面倒くさいのに、地上に降りるためにはあの物騒な宣誓書が必要となるわけだ。

ほとんどやけくそで署名して法務部に転送した後、ケリーはトゥルークの玄関口であるパーヴァル国際宇宙港に入国申請を出した。

連邦法務部は瞬時に手配を済ませてくれたようで、パーヴァル国際宇宙港は跳躍点を指示してきたが、それを見たケリーは訝《いぶか》しげな顔になった。

「……こりゃあ、再跳躍が必要な宙域じゃねえか」

「そうなのよ」

ダイアナも眉《まゆ》を顰《ひそ》めている。

「もっとトゥルークの近くに跳躍できるはずなのに。先方《せんぽう》の言い分は、『周辺宙域が少し荒れているので安全のためにこちらへお願いします』だそうよ」

地元の人間がそう言うのであれば仕方がない。

ケリーはショウ駆動機関《ドライヴ》を作動させ、指定された場所へ跳躍した。

ほとんど星系外縁に近い宙域だった。

跳躍後、パーヴァル国際宇宙港から通信が入り、若い男の係官が歓迎の言葉を言ってきた。

「トゥルークへようこそ。ミスタ・クーア」

愛想のいい晴れやかな笑顔だが、ケリーの表情はあまり芳《かんば》しくはない。

「ああ、よろしく」

無愛想なケリーの様子に何を思ったのか、係官は申し訳なさそうに言ってきた。

「お疲れのところすみません。再跳躍可能時間まで入国審査を行いたいのですが、よろしいですか？」

ショウ駆動機関《ドライヴ》にもいくつか弱点がある。

連続で跳躍はできないというのがその一つだ。

《パラス・アテナ》とケリーは例外だが、そんな例外をわざわざ見せつける必要はない。

入国審査は普通なら簡単な質問で終わるはずだが係官は暇なのか、世間話のつもりなのか、恐ろしく突っ込んだことをいろいろと尋ねてきた。

「ルンドはいいところですよね。今の季節でしたら、食べ物は何が美味《おい》しいですか？」

だの、

「今回はどのような調査をされるご予定ですか？」

だの、ちょっとした身元調査である。

こちらの風体はどう間違っても『学者』の枠には入らないものだ。本当の学者かどうか探りを入れているのだろうかと疑いながら、ケリーは予定通りの答えを言った。

「とりあえず第一惑星から第十惑星まで、すべての惑星の地質標本を採取する予定です。もし可能なら衛星の標本も。トゥルークには降りられないと聞きましたが、他の星には着陸制限はないそうなので」

係官は驚いた顔になった。

「惑星すべてと衛星の標本を？　大がかりですね」

「ええ。やっと渡航許可が下りたので、この機会を最大限に生かすつもりです」

「それでは滞在予定も長期になりますね」

二日三日ですべての調査が終わるはずもないから、ケリーも真面目に頷《うなず》いてみせた。

「一応、一ヶ月を予定していますが、どうなるかは実際に現地に出てみないとわかりません」

　この後、宇宙港に入港し、あらためて審査をして正式な入国となりますと言われ、ケリーはちょっと悪あがきをしてみた。

「時間を節約するためにも、入国手続きが済んだらこのまま第一惑星に向かうことにします」

　すると係官は困ったような顔になった。

「実はご夫妻宛てにバックマン外務大臣から伝言が届いているのです。ご夫妻が到着したら、ぜひ一度パーヴァルでお会いしたいとのことなんですが……どうしましょう。お断りしておきますか？」

　ケリーは諦《あきら》めて肩をすくめた。

「とんでもない。今から入国するのでパーヴァルで妻ともどもお目に掛かりたいと思います。大臣にはそうお伝えください」

　係官との通信を切った後、ケリーはジャスミンにそっと囁《ささや》いた。

「観念するしかなさそうだぜ……」

　赤い髪の女王はこの期に及んでも珍しく往生際が悪かった。

「……わたしは残る。というわけにはいかないか」

「あんたそりゃあ薄情ってもんだろう。夫婦は一蓮《いちれん》托生《たくしょう》だろうが」

　やがて再跳躍可能時間になった。

　指定された座標に向けて跳躍すると、パーヴァル国際宇宙港の照明が《パラス・アテナ》を出迎えるように輝いていた。

　その後ろに惑星トゥルークが大きく見えている。

　青い海が広がっている。美しい星だが、地表には迎撃兵器がずらりと並んでこちらを狙っているかと思うと、何ともぞっとさせられる。

　だが、二人の気が重い最大の理由は他にある。

　トゥルークの僧侶が皆あれほど勘が鋭いとしたら、現地で会う僧侶すべてに自分たちの正体が露見《ろけん》してしまうのではないかということだ。

　それだけは避けたい。

「なるべく僧侶とは顔を合わせずに引きあげよう」

「ああ、それがいいだろうな」

と夫婦の意見は一致していたが、カトラス星系に跳躍する直前、意外な人物が《パラス・アテナ》に連絡を取ってきたのである。

連邦情報局長官のアダム・ヴェラーレンだった。

この人もケリーが戻ってきたことを知っている数少ない人間の一人だが、単刀直入に言ってきた。

「トゥルークへ行かれるそうですな」

「さすがに早耳だな。どこから聞いた？」

「主席からです。絶対に見破られないルンド国籍を用意するようにと言われましたのでね。あなた方が何の目的でトゥルークへ行かれるかも伺《うかが》いました」

わざわざ連絡して来たのは形式的な挨拶《あいさつ》ではなく、何か言いたいことがあるのだろう。それでなくとも連邦情報局長官という立場は忙しい。時間を無駄にするのは罪と考える人間のはずだが、彼がずいぶん躊躇《ためら》っているので、ケリーのほうが呆《あき》れて催促《さいそく》した。

「アダム。用事があるならはっきり言え。俺たちはこれからカトラスに跳ばなきゃならないんだ」

「——わかりました。恥を忍んで申し上げます」

ぐいと頭を下げてケリーを睨《にら》みつけるようにして、ヴェラーレンは言った。

「僧院を訪問することがあったら、それが可能なら、内部の様子を見てきていただきたいのです」

「はあ？」

素《す》っ頓狂《とんきょう》な声を出してしまったケリーだった。

「仮にも連邦情報局長官が何を言ってるんだ？」

すると、ヴェラーレンは顔を歪《ゆが》めて笑った。

「我ながら情けない限りですが、ミスタ・クーア。連邦情報局がトゥルークの寺院の見取り図はおろか、写真すら持っていないと言ったら驚きますか？」

ケリーは眼を丸くして問い返したのである。

「写真がない？　何で撮れない？」

「まったくです。どうしてでしょうな」

自嘲《じちょう》気味にヴェラーレンは言った。

「あの星では僧侶が迎撃兵器を担当していることはお聞きになりましたか？」

「ああ。だから当然、坊さんたちの科学力や能力に関して、おまえたちは徹底的に調べ上げたもんだと思っていたぞ」

ジャスミンも横から冗談めかして言ってみた。

「カトラス星系に跳ぶ前にこっちから話を聞こうと思っていたくらいなんだがな」

「申し訳ありません。ミズ・クーア。当局には提供できる情報は何もありません」

それが仮にも連邦情報局長官の台詞《せりふ》か——という二人の白い視線が痛いほど突き刺さったのだろう。

吐き捨てるように言ったものだ。

「あの星の僧侶は——本人たちがどう弁解しようと間違いなく特異能力者です。搦《から》め手《て》は通用しません。案外、正面から『内部を見せてくれ』と頼むほうが効果的かもしれないのでお願いしているんです」

「じゃあ、その正攻法を試したらどうなんだ？」

「やらなかったとお思いですか？『外部の方にはお見せすることはできません』で終わりです」

ジャスミンが指摘した。

「それならわたしたちも外部の人間だぞ」

「しかし、あなたたちは情報局の人間ではない」

そこに一縷《いちる》の望みがあると思っている様子だが、ケリーはヴェラーレンを制して言ってみた。

「ちょっと待て。何も俺たちに頼まなくても写真を撮るくらい、情報局《おまえたち》にできないはずはないだろう」

大国の大統領夫人の下着の色まで把握《はあく》していると言われる連邦情報局だ。建物内部の写真くらいなぜ撮れないのかというケリーの意見は至極当然だが、これはヴェラーレンの誇りをひどく傷つけたらしく、額に青筋を浮かべながら淡々と説明した。

「我々も手をこまねいていたわけではありません。部外者は立ち入り禁止の場所ですから、定石通り、夜間に潜入しようとしました。うちの諜報員のすることですから普通なら気づかれるはずがないんです。

にも拘《かか》わらず、必ず『何をしているのですか？』と僧侶に声を掛けられる。彼らは日の出とともに起き、日没とともに就寝しているはずなのにです」

「トゥルークの寺ってのは……まさか対人探知機《レーダー》を常備してるのか？」

「そのような形跡がまったくないから厄介《やっかい》なんです。超小型の盗聴器や撮影機を寺院に出入りする僧侶に仕掛けたこともあります。彼らは気づかずに寺院に入っていくのですが、なぜか音声も映像も取れない。そこで現地の小鳥や小動物、はては昆虫に偽装した偵察機《スパイ・アイ》を用意して内部を探ろうとしたのですが……ことごとく失敗に終わりました」

怒りと悲壮感が色濃く表れた顔を見ると訊《き》くのが気の毒になってくるが、はっきりさせねばならない。

「失敗した理由は？」

「一台残らず僧侶が排除したからです」

ジャスミンもケリーも眼を見張った。

「小鳥や小動物や虫に偽装した超小型の偵察機を？どうやって」

「それこそこっちが訊きたいことです」

ヴェラーレンは額の青筋をますます太くさせたが、言葉足らずだった部分についてはきちんと説明した。

「排除した具体的な方法をお尋ねでしたら、僧侶がすべて銃で撃ち落としました」

「なにぃ？」

「ご存じないんですか？　連中は銃を使います」

ケリーはもう何度目かもわからないげんなりした気分に襲われて呻《うめ》いた。

「どこまで物騒な坊さんなんだ……」

ジャスミンも眼を丸くしながら言う。

「だが、僧侶だろう？　殺生は禁止じゃないのか」

「あの星の僧侶には食制限はありません。肉も魚も食べます。ただ、自らの手で生き物を仕留めたりは基本的にはしません」

「なのに撃った？　おかしいじゃないか。情報局の偵察機なら本物そっくりの外見だったはずだぞ」

「おっしゃるとおり、肉眼で見分けるのは不可能な水準《レベル》まで徹底的に似せてありました。にも拘わらず連中には本物の小鳥や昆虫と偵察機の違いがわかるようなんです。本物には眼もくれず、偵察機だけが撃ち落とされました」

自嘲気味に言ってヴェラーレンは続けた。

「最後の手段で、全景を上から撮ろうとしたんです。撮影衛星を飛ばしてね」

ケリーもジャスミンも何とも言えない顔になった。

「それも撃ち落とされたんだな？」

ヴェラーレンは黙っていたが、苦り切った表情を見れば答えなど明らかだ。深い息を吐いて続けた。

「――最初は大きさで悟られたと思いましたので、可能な限りの小型化を実現しました。それでもです。あの連中は地表から正確に狙撃してしまうんです。わずか一年で我が情報局の誇る貴重な機材が山ほど屑鉄《スクラップ》にされました」

「具体的な数は？」

「五十二機です」

飛ばしも飛ばしたり、撃ちも撃ったりだ。

「現地でこの問題に当たったのはわたしのもっとも信頼する優秀な部下でした。肉体的にも精神的にも頑健《タフネス》を具現化したような男です。咄嗟《とっさ》の判断も沈着冷静、異常事態にも極めて強く、まさに理想の諜報員でした。そんな男がまるで神経症《ノイローゼ》のようになって、この任務から外してくれと訴えてきました」

「……そりゃまあ、年間で五十二機も機材を無駄にしたんじゃあ責任も感じるだろうよ」

ヴェラーレンは皮肉に笑った。

「ミスタ・クーア。その程度でくじけるような脆《もろ》い精神の男は当局におりません。とはいえ、これ以上同じ失敗は許されない。一時的に衛星を飛ばすのを中止して他の手段を探っている最中、とんでもない爆弾が部下を直撃したんです」

「……というと？」

「言うまでもないことですが、部下はトゥルークに長期潜入していました。表向きの身分は機械を扱う技師として、現地の人間とも交流を深め、もちろん僧侶とも顔見知りだった。——そんな僧侶の一人にまるで世間話のような口調でこう言われたそうです。『あの低い空域を左右に移動する速くて小さな星は、この頃は飛ばさないのですか』——とね！」

ジャスミンもケリーも呆気《あっけ》に取られた。

「言うに事欠いて……よくもまあ……」

「そいつは……向こうの宣戦布告だったのか？」

「部下もそう思ったそうです。そっちが何をしても無駄だぞとせせら笑っているのかと。だが、違った。僧侶に悪意はまったくなかった。あくまで穏やかな笑顔で言ってきたそうです。『若い者の射撃練習にちょうどよいので、またあれを飛ばしてくださるとありがたいのですが、ご予定はないのでしょうか』——だそうです」

ケリーの顔を引きつらせ、ジャスミンに青い顔をさせるなんて誰にでもできることではない。

「……本当に本気で言ってたのか？」

「遺憾《いかん》ながら。諜報員だと見抜かれていたばかりか、部下が撮影衛星を飛ばしていたことも知られていた。その上で素知らぬふりを貫き通し、平然と部下との世間話に応じていたのです。部下は『今なら屈辱《くつじょく》で死ねます』と真っ青な顔で言いましたよ」

それはそうだろう。

部下の心中を慮《おもんぱか》ると、気の毒すぎて頭を抱えるしかない。ジャスミンは青ざめた顔のまま嘆息《たんそく》した。

「……わたしだったら立場を忘れて、ふざけるなと怒鳴《どな》りつけていたかもしれないな」

「部下も同じことを言っていました。怒鳴りつけてやりたいのをやっとのことで堪《こら》えたと」

ケリーも嘆《なげ》かわしげに首を振った。

「この場合、誰もその部下を責められんだろうぜ。——僧侶はなぜ部下の正体に気づいたんだ？」

ヴェラーレンはまたまた皮肉に笑った。

「ですからあの連中は特異能力者だというのです。

トゥルークには探知衛星がない。隕石《いんせき》発見には地表探知機《レーダー》を使うしかない。曇りや雨ならほとんど役に立たない代物です。にも拘わらず――」

「その先は言わなくていいぞ、アダム」

先程からやたらと『にも拘わらず』が出てくる。

ケリーはげっそりして遮《さえぎ》ったが、ヴェラーレンは歪んだ笑みを浮かべて、さらにとんでもないことを言ってきた。

「ではミスタ・クーア。連中が隕石の狙撃を肉眼でやっていると言ったら信じますか？」

ヴェラーレンには見えなかったが、操縦室の内線画面ではダイアナが完全にお手上げの仕草をして、ご丁寧《ていねい》に背景には可愛らしいひよこを数羽ぱたぱた飛ばせている。

つまりは、生まれたてのひよこが空を飛ぶくらいありえないという感想を現しているわけだ。

その映像を横目で見ながらケリーは唸《うな》った。

「……冗談もほどほどにしやがれと言いたいぜ」

「それこそわたしと部下の心境そのものです」

ジャスミンも同感だったが、控えめに指摘した。

「矛盾《むじゅん》してないか。曇りや雨なら地表の望遠鏡や高性能照準機も役に立たないはずだぞ」

「おっしゃるとおりです。肉眼という言葉が適切でなければ心の眼とでも表現すればよいのでしょうか。とにかく、あの連中が何らかの手段でもって隕石の接近を予知し、位置を特定しているのは間違いない。どんな理屈かこっちが知りたいくらいです」

「長官。それなら確実に使える手段があるだろう。連邦情報局には手飼いの特異能力者の一人や二人はいるんじゃないのか」

「やらなかったとお思いですか？」

ぎろりと睨まれて、あのジャスミンが首を竦《すく》めた。

「話が前後しますが、連邦政府も情報局も最初から連中の特異能力を疑っていました。しかし、数年に及ぶ調査の結果、彼らに特異能力は認められないという確証を得た。だからこそ安心して部下を派遣し、現地の人間とも交流させたんです」

理に適《かな》った判断である。

心を読まれる恐れがあるとわかっていたら地元の人間と交流など持てるわけがない。

「にも拘わらず、部下の正体は筒抜けになっていた。かくなる上は彼らの能力がどの程度のものなのか、突き止めなくてはなりません。そこで選りすぐりの能力者班《チーム》を派遣しました。万が一にも僧侶相手に引けを取ったりしないようにです」

ケリーが訊いた。

「そのチームにはどの程度の力があったんだ?」

「ああいう能力には波がありますからな。あなたのお友達のようなわけにはいきませんが……」

後半は独り言のような小声で前置きして(ただし明らかに聞かせるための独り言だ)ヴェラーレンは慎重に話を続けた。

「三人とも人間の能力者としては極めて優秀でした。何より彼らには接触した相手が自分と同種の人間か否《いな》かを明確に見分ける能力がありました。最低でもトゥルークの僧侶には本当に特異能力があるのか、あるとしたらどんな種類の能力なのか、それだけは探り出せと命じました」

「——なのに歯が立たなかったわけか?」

「いっそこてんぱんに負けて帰ってきてくれたなら、どんなによかったかと思いますよ」

深々と嘆息するヴェラーレンの声はもはや怨嗟《えんさ》のごとくである。

「現地の寺院に出向かせ、僧侶と接触させたところ——どうなったと思います?」

ケリーは軽く肩をすくめた。

『焦《じ》らすな。早く言え』という無言の催促を受けて、ヴェラーレンは地獄の底から響くような声で言った。

「三人とも入信してしまったんです」

「な⁉」

「何だそりゃあ⁉」

ものの見事にジャスミンとケリーの悲鳴が揃《そろ》い、

画面のヴェラーレンは重々しく頷いた。

「まったくもってこちらの台詞です。他の諜報員が慌《あわ》てて三人と会って話したのですが、三人とも口を揃えて『もう情報局に戻るつもりはない。このまま僧侶としてここで生きていきたい』と言うんです」

ケリーは真面目に尋ねた。

「——洗脳でもされたのか？」

ヴェラーレンも真顔で再度頷いた。

「我々もそれを疑いました。何しろ三人とも、己の能力のせいで社会生活には適合できない人間だった。家族も友人もなく、情報局に拾われることでやっと居場所を見つけたような人間ばかりだったのです。恩を着せるつもりはありませんが、情報局は彼らに充分な報酬と環境を与え、生きる術《すべ》を示しました。その情報局を裏切るのかと問いつめると、三人とも決して裏切りなどではないと言うのです」

「じゃあ何だ？」

「三人が言うには、『ここへ来て、生まれて初めて真の心の静謐《せいひつ》を得られた。情報局には申し訳ないが、この平穏は何物にも代えがたい』のだそうです」

ケリーもジャスミンも大きなため息を吐《つ》いた。

「——で、そのままか？」

「ええ。情報局にとっては非常に貴重な人材でした。失いたくはなかったのですが、首に縄をつけて引きずり戻したところで——あれではもう使いものにはなりません」

その見切りは正しいとケリーは思った。

三人の心は既に情報局にはないのだ。

忠誠心でも利得でも縛り付けておけないとなれば放置するしかない。

ヴェラーレンはケリーを見て、敢《あ》えて素っ気なく言ったものだ。

「——何と言っても、あのお友達のことがあります。あなたも奥さまも……ひょっとしてああいうものに好かれる性分なのかもしれませんからな。我々にはできなかったことですが、あなたたちならあの星の僧侶の信頼を得ることができるかもしれない」

その『お友達』が、トゥルークの高僧から現人神《あらひとがみ》として崇《あが》め奉《たてまつ》られていることを知ったら、ヴェラーレンは発作を起こして倒れただろう。

お友達はヴェラーレンに取って第一の鬼門であり、この分では第二の鬼門がトゥルークだ。

その両者が結びつくことなど、彼は予想だにしていないはずである。

そこまで追いつめるのはさすがに気の毒なので、ケリーは苦笑いを返して言った。

「それじゃあ、情報局は今は完全にトゥルークから撤退してるのか？」

「いいえ。今も現地に職員がいます。人口の推移や中央の技術の浸透具合などを調査しています」

「そいつあ諜報活動とは言えねえな」

またまたヴェラーレンの額に青筋が浮かぶ。

「主席のお話では問題の薬物と酷似した香が僧院で使われているというではありませんか。あなた方はそれを確認に行かなくてはならないはずですぞ」

「それこそ本来なら情報局の領分《おまえたち》だろうぜ。僧院に潜入して問題の香を盗み出してくるべきだろうが」

ヴェラーレンの浅黒い顔が怒りのあまりどす黒くなってくる。それができればとっくにやっている！

と叫びたいところだろう。

ケリーは相手をからかうのをやめて真顔で言った。

「俺たちもな、そんなに勘のいい連中にはあんまり近づきたくないんだよ。疚《やま》しいことのない身体なら問題ないんだろうが、俺はいっぺん死んでる身だぞ。ちょっと冷静に考えてみろ。『どうして死んだ人が大手を振って歩いているのだろう？』なんて現地の坊さんに噂《うわさ》されるのはありがたくない」

情報局長官は眼を見張り、はたと頷いた。

「なるほど。それは盲点でした。――では、彼らにそれがわかるかどうか確認してきていただきたい」

しぶとい長官にケリーは苦笑していた。

「おまえも懲《こ》りねえなあ……」

ヴェラーレンはにこりともせず、ぶっきらぼうに言ったものだ。

「あなた方のような人とおつきあいするには普通の神経では無理ですので。よろしくお願い致します」

こんな話を聞かされてますます面倒になったが、乗りかかった船だ。ケリーは《パラス・アテナ》をカトラス星系に跳躍させたのである。

ところが、パーヴァル宇宙港に接近するにつれて、ダイアナが青い眼を見張り、小さく呟《つぶや》いた。

「……信じられない」

驚きではない。忌々《いまいま》しさの濃厚な口調だった。

「どうした、ダイアン」

「ケリー。あなたの船としてこんなことは言ってはいけないんでしょうけど……わたし、あそこに入りたくないわ」

これから停泊する宇宙港がいやだと言うのだ。

「あそこに何があるんだ？」

「逆よ。何もないの。監視装置も管理システムも、中央とは異なる技術が使われている。信じられる？この距離でまだ管制に割り込むことができないのよ。あなた流に言うなら『ひでぇ冗談』だわ」

「……人の台詞を取るなよ」

ダイアナは他の管理脳に対して圧倒的優位に立つことができる。極端な話、宇宙港の管制に侵入して、自分の思い通りに動かすことすらできる。

その手段がここでは通用しないと言うのだ。

ジャスミンが言った。

「それじゃあ、こっそり抜け出すのも難しいのか？ダニエルが何と言おうと、おまえの能力なら地表の迎撃装置を黙らせられると思っていたんだが……」

「わたしもそれを考えていたんだけど、残念ながら、その手は使えないみたいよ」

次第に大きくなる惑星トゥルークを見つめながら、ダイアナは美しい眉を顰めている。

「わたしの目の前に五千万の人間が住む惑星がある。普通この距離なら、わたしには地表の情報網が手に取るようにわかるのよ。それは地元の人間がどんな活動を営んでいるか把握できるということでもある。それなのに――ここにはまったく何も反応がない。まるで未開の惑星みたいよ。首都パーヴァルだけがかろうじて見えるけど、多分、他の土地では生活のほとんどが情報化《データ》されていないんだわ。通信や供給システムはおろか、恐ろしいことに迎撃兵器もね。これではわたしにはどうしようもないわ」

ケリーとジャスミンはやれやれと眼を見交わした。

「参ったね、どうも……」

「予想以上に厄介な星らしいな」

二人がこの星に降りたくないと思う理由がさらに増えてしまった。

係官の誘導に従って自動着陸装置に船を載せると、《パラス・アテナ》はしずしずと埠頭《ふとう》に停泊した。

動きを止めた相棒に、ケリーは言った。

「仕方がない。行ってくるぜ」

「降下中に何か異変が起きたら連絡してちょうだい。埠頭を爆破してでも駆けつけるわ」

「……恐いことを言うなよ」

船を降りた二人はあらためて旅券を提出した。

二人ともルンドで生まれ育ったが、十年以上前に出国して以来ほとんど帰っていないという設定だ。

先程とは別の入国審査官が意外そうに尋ねてくる。

「滞在期間は未定ですか?」

ケリーは愛想良く答えておいた。

「ええ。滅多に来られない国ですし、ちょうどいい機会ですからね。いろいろ見物させてもらいます」

入国審査官は人懐《なつ》こい笑顔で答えてきた。

「トゥルークを気に入ってもらえると嬉《うれ》しいです。観光地はほとんどない星ですけど、寺院だけは一度訪れてみるといいと思いますよ」

「外国人でも寺院を見学できるんですか?」

「もちろんですよ。表の院までなら誰でも入れます。心身ともにリフレッシュできますよ」

そこへ先程、通信で話した係官がやってきた。

「ミスタ・クーア。間に合ってよかった。大臣からお返事です。今日は残念ながら予定が詰まっているので、明日、現地時間の午前十時にパーヴァル政府庁舎でお会いしたいとのことです。——今日の宿泊場所はお決まりですか？」

「いいえ、降りてから探すつもりでした」

「でしたら、大臣がプラネタリーホテルの支配人に話を通したそうですので、どうぞお使いください。明日お迎えの車を差し向けるそうです」

「ご丁寧にどうも」

「大臣によろしくお伝えください」

いよいよ地表に降下する段になった。

二人が難色を示した問題の『箱』は、形だけなら本物の送迎艇《そうげいてい》そっくりに見えた。

内装などは本物の送迎艇より上等なくらいだが、それだけにこれはただの入れ物で、推進機関も操縦機能もないのかと思うと居心地が悪くて仕方がない。

ジャスミンは生粋《きっすい》の戦闘機乗りであり、ケリーも船乗りだ。宇宙空間にいながら自分で操作できない『乗り物』はどうしても信用できないのである。

地表までは四十分ほどで到着しますと説明されて、ジャスミンは低く呟いた。

「……史上最大級の我慢大会だな」

座席はかなり埋《う》まっていた。

ジャスミンとケリーは入口に近い三人掛けの席に座った。出発時間間際に若い女性が駆け込んできて、開いていた席を指して隣のケリーに尋ねてきた。

「ここ、いいですか？」

「どうぞ」

その女性は、座っていても桁《けた》外れに大柄《おおがら》な二人を見て、屈託《くったく》のない笑顔で話しかけてきた。

「外国の方ですか？」

「ええ。——わかりますか？」

「何となく」

学生のような年頃の彼女はちょっと困ったような表情を浮かべて言った。

「お二人ともトゥルークでは珍しい感じですから」

どう珍しいかは敢えて訊かないことにする。

ケリーを挟んで反対側に座ったジャスミンもその女性をさりげなく窺《うかが》った。

人目を惹く華やかな美人だった。

浅黒い肌にきらきら輝く黒い瞳《ひとみ》をしている。

表情を見るだけで陽気で情熱的な性格とわかるが、この顔には同時に知性も備わっている。

駆け込んできた時の慌ただしい様子を思い出して、ジャスミンも尋ねてみた。

「宇宙港にお勤めですか？」

「いいえ。さっき帰国したところなんです」

「ほう、ご旅行ですか？」

「それと勉強ですね。この週末は中央座標《セントラル》の大学で短期講習があったものですから」

「土日に大学へ？」

「ええ、本当はちゃんと留学したいんですけど」

ちょっぴり残念そうに言うので、ケリーは興味をそそられて尋ねてみた。

「何かそれができない理由が？」

すると、彼女の顔はぱあっと輝いた。嬉しそうに、照れくさそうに笑って言った。

「恋人が離れるのをいやがるんです」

「おやおや……」

ケリーもジャスミンも思わず微笑した。

「なるほど。それは大問題だ」

「恋人も学生なのかな？」

「いえ、パーヴァルで店をやっています。お二人はどちらのご出身ですか？」

「ルンドですよ」

この国を選んだことに特に理由はないが、彼女は熱心に身を乗り出してきた。

「もしかして、トゥルークの他にもいろいろな国へ行かれたことがあります？」

「ありますよ。数え切れないほど」

これは嘘《うそ》ではない。総帥《そうすい》時代を入れると、二人が訪れた国は二十や三十では利かないからだ。

何を思ったのか、彼女は急に真顔になった。

「忌憚《きたん》のないご意見を聞かせていただきたいんです。お二人にはこの星はどう見えます？」

いささか答えにくい抽象的な質問である。

ケリーは苦笑して問い返した。

「その質問の意図は？　お嬢さん」

「たとえば……他の国と比べると、渡航申請や入国手続きなんかは面倒じゃありませんか？」

二人とも大きく頷いた。

「ええ、それは確かに面倒です」

「あまりに勝手が違うので驚きました」

「やっぱり……そうですよね」

苦い顔になった彼女にジャスミンは訊いてみた。

「あなた自身はどう思っているんです？」

「この国はもっと開かれるべきなんです。あまりに閉鎖的すぎますよ。定期便がないから出国も帰国も一苦労だし、旅行も自由にできません」

よほど憤懣《ふんまん》が溜まっているのか一気に言う。

その勢いに二人のほうが苦笑した。

「旅行は禁止なんですか？」

「いいえ、行こうと思えばどこにでも行けますけど、旅行査証なしで行けるのは中央座標《セントラル》だけなので……いろいろと面倒なんです」

「そうは言っても外国人の入国を規制しているのはお国の政府の方針でしょう？」

若い美女は不満そうに唇《くちびる》を尖《とが》らせた。

「頭の固い大人の悪い癖《くせ》です。昔ながらのやり方を頑固《がんこ》に変えようとしないんですから。もっと自由に行き来できるようにしないと、トゥルークの発展の妨《さまた》げになるだけなのに」

よく輝く黒い瞳に挑戦的な光が浮かんでいたが、彼女は賢《かしこ》い人でもある。熱くなった自分に気がつき、慌てて弁解するように言ってきた。

「今の政府が全部間違っているとは言いませんが、トゥルーク人全員が政府の方針を支持しているとは思わないでください。少なくともパーヴァルに住む若い人は違います。この国はもっと外に眼を向けて、外の世界を受け入れるべきだと考えているんです」

「それは興味深いお話ですね」

ケリーが如才《じょさい》なく言い、ジャスミンも同意した。

「そうしてくれればこの国を訪れる外国人としても非常に助かるのですが……現実的にそちらの方向に持っていくのは難しいのでは？」

「いいえ、必ず実現してみせます。――今すぐには無理かもしれませんけど」

控えめに付け加える。そんな彼女にジャスミンは微笑を返して尋ねてみた。

「あなたは将来、政治の道に進むのかな？」

「それより経済を改革したいですね。パーヴァルの暮らしはほとんど連邦からの経済支援に頼っている状況なんですから。この国が本当に自立するために必要なのは経済の自由化です。そのためには貿易をもっと積極的に行うようにしないと――」

外貨獲得の着想《アイディア》について熱く語る彼女を、二人は微笑《ほほえ》ましく思いながら見つめていた。

若さと純粋さに任せて理想を追い求める。

それ自体は悪いことではない。が、人生の酸《す》いも甘いも嚙《か》み分けた二人には今一つ現実味に欠ける。

平たく言えば絵に描いた餅《もち》に見えてしまうのだ。

そんな話をしているうちに彼らの乗った『箱』は地上に近づいていた。

地表では大きく屋根を開いたドームが迎えている。

『箱』が静かに建物の中に着陸すると、ゆっくりとドームの天井が閉じた。

女性は席を立ちながら二人に笑いかけた。

「トゥルークへようこそ！　何もない星ですけど、楽しんでいってくださいね」

肩に掛けた鞄《かばん》一つで、さっさと出て行ってしまう。

二人には荷物を引き取る手間があったので、少し後に送迎艇を離れた。すると先程の女性が若い男と歓声を上げて抱き合う場面に遭遇《そうぐう》した。

「お帰り！　エレクトラ！」

「キース！　会いたかった！」

若い恋人たちは熱烈な抱擁《ほうよう》と接吻《せっぷん》を交わしている。

もう二人のことなど眼に入っていないだろうから、ケリーもジャスミンも敢えて声は掛けなかった。

大股《おおまた》でゆったり歩きながらケリーは苦笑した。

「いいねえ、若いってのは……」

しみじみした夫の言葉をジャスミンが茶化す。

「年寄りくさいぞ、海賊」

「そりゃそうだろう。こう見えても俺は七十過ぎの年寄りだぜ」

「その形《なり》で言うな。ずうずうしい」

すかさず軽口でやり返したジャスミンだったが、本当はわかっている。

あの幼いくらいの若さを遠く感じるのは、ケリー自身にそうした経験がないからだ。

ちなみにジャスミンにもない。

「こんなことなら少女時代に多少のいちゃいちゃは経験しておけばよかったかな……？」

真顔で呟いた妻にケリーが吹き出した。

「軍時代は結構お盛んだったんじゃないのか？」

「下品な言い方をするな。わたしはわたしで真剣に子どもの父親になれる相手を捜していたんだ」

「……そうなのか？」

「ああ。結果的に無駄な努力だったわけだがな」

さばさばした口ぶりだった。

当時のジャスミンは、自分は三十歳までの命だと思っていた。その前に子どもを生みたいというのが彼女の唯一の願いだった。

そのためには相手が必要になる。

軍に入って適切な男性を捜したのは事実だったが、ジャスミンは率直に言ったものだ。

「今にして思えばだが、恋愛というより、この男の子どもが欲しいかどうか、本当に生みたいかどうか——そんなことばかり自問していたわけだからなあ。うまくいかなくて当然だな」

「……あんたのお相手が気の毒になってくるぜ」

「気にするな。みんな今ではいいおじいちゃんだ。おまえのほうこそどうなんだ？」

灰色の眼が悪戯《いたずら》っぽくケリーを覗《のぞ》き込んでくる。

「女性に不自由していたとはとても思えないが」

「そりゃあ、縁がなかったとは言わねえよ。女房に気を遣って言わないだけだ」

「そんなことで気を遣ってくれなくても結構。正直、わたしとしてはおまえに近づく美しい女性たちより、立派な男性陣のほうがよほど気になるんだ」

「よせよ。俺は男はお断りなんだ」

今となっては他の女もお断りだ——とは言わない。

朝っぱらから（現在のパーヴァルは朝の九時だ）するような話題ではないからだが、口にしなくても何となく伝わったのか、ジャスミンは不敵に笑った。

「まあ、少女時代にできなかったいちゃいちゃは、これから夫とすればいいわけだからな」

ケリーは苦笑して、わざと大げさに肩をすくめた。

「ちょっとは自重しろよ。あんたのいちゃいちゃは時々、暴力沙汰《ざた》なんだぞ」

「頑丈な夫でわたしは嬉しい」

そんな話をしながら歩く二人の後ろから、それもずいぶん下のほうから声が掛かった。

「——クーアご夫妻でしょうか？」

子どもの声である。思わず足を止めて振り返ると十二、三歳くらいの子どもが緊張の面持ちで二人を見上げていた。一風変わった外衣を身体に巻き付け、素足《すあし》に草履《ぞうり》履《ば》きである。まっすぐな黒髪を肩の下でぷっつりと、長めのおかっぱのように切りそろえているが、まだ声変わりもしていない少年のようだ。

大柄な二人に見下ろされた少年は急いで合掌《がっしょう》し、深々と頭を下げた。

「初めてお目に掛かります。チムニー・クローム・セリオンと申します。師のルテラス・オージェンに言いつかりまして、お迎えに参りました」

一生懸命《けんめい》な堅苦しい挨拶が可愛らしい。

夫妻はちょっと面食らって互いの顔を見つめると、かしこまっている少年に話しかけた。

「はて。どういうことかな。確かにクーアですが、わたしたちは師匠のお名前を聞くのは初めてです」

少年は真剣な面持ちで熱心に言った。

「はい。本当は師が参るはずでした。師はミスタ・ロムリスからお二人を案内するよう頼まれたのです。ですけど先程、急病人が出まして――師はそちらで手が放せないので、わたしに代わりを務めるように言われたのです」

「師匠はお医者ですか?」

「はい。医術もやっております」

「しかし、師匠も我々をご存じないはずなのに――よくわかりましたね」

「はい。あの、乗客の中で一番大きくて立派な人がミスタ・クーアだと言われましたので……」

セリオンはジャスミンを見て感嘆の口調で言った。

「トゥルークの女人《にょにん》しか知らないので驚きました。外国の女性《にょしょう》は皆さん、こんなに大きいのですね」

「いや、これは例外中の例外です」

真顔で間違いを正したケリーだった。

これを標準と思い込まれたのでは世の女性たちにあまりにも申し訳ない。

セリオンは大柄な男女二人に眼を見張っているが、恐れている様子はない。まっすぐ見上げてくる。

こんな子どもが迎えに来るとは思わなかったが、その態度が可愛らしくもあり、楽しくもあったので、ジャスミンは笑って話しかけた。

「失礼ですが、御坊《ごぼう》はずいぶんお若いが、一人前の僧侶と思ってもよろしいのかな?」

御坊などと呼びかけられて少年は驚いたようだが、少し誇らしげに、少し恥ずかしそうに頷いた。

「はい。二年前にディグランの位《くらい》をいただきました。まだまだ修行中の身ですが、先日、セリオンの位をいただきましたので、セリオンとお呼びください。もしくはクローム・セリオンと」

僧侶だと言う割には少年の顔には刺青《しせい》がないが、ジャスミンはその点は追及せずに言った。

「よろしく。クローム・セリオン。わたしのことはジャスミンで結構」

少年僧侶は途端、困った顔になった。

「女性のお名前を呼ぶことは許されていないのです。ミセス・クーアではいけませんでしょうか？」

「いけなくはないが、それならミズで」

「わかりました。ミズ・クーア。ミスタ・クーアも。ふつつか者ですがよろしくお願い致します」

深々と頭を下げてくる。

師匠の指示を忠実に守ろうとする様子が可愛くて、ケリーは微笑して問いかけた。

「一人前の僧侶だと言うからには、セリオンも銃を撃つのかな？」

少年は驚いた顔になった。

「いいえ。わたしは扱ったことはありません」

「そうなのか？　トゥルークでは僧侶は銃を使うと聞いたんだが……」

「はい。ですけどそれはもっと修行を積みませんと危険です。わたしにはまだ許されておりません」

ちょっと情けなさそうに頰《ほお》を染めている。

二人とも密かに安心した。この分では自分たちの素性には気づかれていないらしいと思ったからだ。

ケリーは笑顔でさらに尋ねてみた。

「では迎撃兵器も扱ったことがないのかな？」

すると、少年は顔を輝かせて言ったのである。

「ミサイルなら撃ったことがあります。あれは発射ボタンを押せば勝手に命中するので簡単なんですが、高射砲やエネルギーライフルは照準を合わせるのがとても難しいんです。兄弟子から教わっていますが、わたしではまだまだです」

その場につんのめりそうになった二人だったが、そこは肉体も精神も鍛《きた》えに鍛えた夫婦である。

かろうじて踏み止まった。

「……プラネタリーホテルはご存じで？」

「はい。西地区のメナール通りにあるホテルです」

「では、まずそこへ。荷物を預けたい」

「わかりました」

セリオンは人懐こい性格のようで、何も尋ねないうちから積極的にいろいろ話してくれた。

「地元の人はここを空港と呼んでいます。国内便の飛行機もここを使っていますから」

「一つ疑問があるんだが、クローム・セリオン」

「何でしょう、ミスタ・クーア」

「地表から隕石を撃つのはいいとしても、その空を飛行機が飛んでいたら危険では？」

「はい。ですから、その都度、飛行機に連絡して、航路を変更してもらいます」

「僧侶の方たちが機長に直に連絡を？」

「はい」

セリオンにとっては別に驚くことではないようで素直に頷いている。

実を言うと、この件に関しては二人ともダンから既に説明を聞いていた。

「地元の人間の話ではよくあるそうです。飛行中に突然機長のアナウンスが入り、『何々寺院からこの先の上空で隕石の除去を行うと連絡がありました。従って当機は予定を変更し、何々空港に向かいます。ご了承ください』というものです」

「——そんな異常事態がしょっちゅうだと？」

「そうですよ」

あっさり頷いて、ダンは続けた。

「わたしなら間違ってもあの飛行機には乗りたいと思いませんね。何しろ管制頭脳を搭載していない。非常用脱出装置もない。墜落したらおしまいですよ。中央《こちら》で使用が許可されている飛行機の安全基準にはまったく満たない代物です。それでも驚いたことに過去数十年、事故は一度もないようですがね」

ジャスミンは物騒に笑った。

「そう聞くと操縦してみたくなるが……外国人には飛行許可を出さないとはな」

「張り合うなよ、女王」

知っていて敢えて尋ねたのは、この少年が事態をどう考えているかを知りたかったのだが、とことん常識の通用しない星である。

建物を出ると、からりとした風が心地よかった。パーヴァルは初夏の気候である。

空港から市街の各方面へ向けてバスが出ているが、三人はバスには乗らずに無人タクシーを選んだ。このほうが自由に回れるからである。

セリオンは前席、大柄な二人は後部座席だ。

「空港を取り囲んで市街地がつくられているので、外国の方はパーヴァルをドーナツ都市と呼んでます。中央に穴が空いていて、外側に街が輪になっているからでしょう。街は東西南北の区画に分かれていて、西地区には外国人居住区があります」

意外な言葉に二人は思わず声を発した。

「居住区が必要なほど外国人が住んでいるのか？」

「はい。だいたい五千人くらいでしょうか」

「ほう？ 意外に多いな」

「それはどういう人たちなのかな？」

「いろいろです。中央の技術を教えに来ている人や、連邦との開発事業や建設工事に関わる人もいますし、パーヴァルの学校で教える教師の方や、調査に来た学者の方も多いです。皆さん長く滞在されますので、そういう人たちのための居住区です」

ヴェラーレンが言っていたように中央から様々な職種の人間が派遣されているらしい。

ちなみにパーヴァルの人口は約百万人だそうだ。なかなか立派な大都市である。

「東区には政府庁舎と市庁舎があって、東区全体が政府関係者専用の居住区になっています。北と南は一般人の街ですけど、かなり雰囲気が違います」

「どんなふうに？」

これは少々難しい質問だったようで、セリオンは真剣に考え込んでしまった。

「北は大人っぽい落ち着いた感じで、南は明るくてにぎやかな感じの街なんですけど——すみません。これじゃあわかりにくいですね」

「いやいや、充分伝わります」

「そんなに違うのには何か理由があるのかな?」

「もともとトゥルークは地方都市の集合体ですから。それぞれ地方独自の建築様式があるんです。昔からパーヴァル周辺に住んでいた人は北区に住んでいて、南区と西区は他の土地からいろいろな人が集まってできた街なので、多様性に富んでいるんです」

ケリーはふと思いついて言ってみた。

「そういうことなら、せっかくここまで来たんだ。パーヴァルを一回りしてみてくれないか」

ジャスミンも賛成した。

「いいな。どのみち今日一日は何も予定がないんだ。見物するとしよう。——おつきあい願えるかな?」

セリオンはにっこり笑って頷いた。

「もちろんです」

西区へ直行するはずだったタクシーは南へ方向を変えた。やがて街並みが見えてくる。

セリオンが言った。

「ここは通称『タイルの街』です」

その名の通り、広い道路も色とりどりで美しい。建物はほとんどが五階建てくらいの集合住宅で、その壁も色鮮やかなタイルで飾られている。

眼に眩《まぶ》しいくらいの色合いだが、風景にしっくり馴染《なじ》んでいるので、けばけばしい感じは少しもない。

ざっと一回りすると、車は東へ向かった。

「東区は『白い街』と呼ばれています。その名前のとおり、きれいな街ですけど、政府関係者でないと入れないので検問所前まで行ってみます」

「一般人は立ち入り禁止ですか?」

「いいえ。そこまで厳しい規制じゃないんですけど、何か用事がないと入れないんです」

なるほど、大臣が車を寄越すと言うわけだ。

それなら明日は二人とも中に入れる。

検問所の外から窺ったただけだが、どこまでも遠く道路が伸びている。緑の並木の向こうに白い建物が小さく見えているが、この距離だから小さいだけで、近くで見ればかなり立派な建物だろう。

あれが政府庁舎だとセリオンが説明し、ケリーが尋ねた。

「政府関係者の住居は庁舎周辺にあるのかな?」

「いいえ。居住区はもっと奥です」

セリオンの説明では東区住人専用の学校も病院もあるそうだ。

「東区には僧侶は住んでいないのか?」

「いいえ。大勢いますよ。僧院がありますから」

次に車は北に向かった。

ここは通称『石の街』だという。

明るく華やかだった南区に比べると、落ち着いた街並みだ。建物の壁も屋根の色も暗めの渋い色彩で統一され、道も濃い灰色の石畳だが、渋いながらも手の込んだ装飾は豪華ですらあった。

建築様式が違うだけではない。道行く人の服装も雰囲気も違う。

変化のある街並みをそれなりに楽しみながらも、二人ともどうも妙なつくりだと思っていた。

セリオンの前で言葉にすることは避けていたが、そもそも空港というものは街の外れにつくるものと相場が決まっている。それを真ん中に置いて周辺に街を築いたりしたら、北と南——東と西の行き来は極端に不便になるのは最初からわかりきっている。

しかも、東区にトゥルーク人が陣取る政府を置き、西区に外国人居住区を設置するとは、空港に降りた外国人はなるべく遠ざけたかったとさえ勘ぐれる。

車は最後に西区へ向かった。

ここは通称『赤い街』だそうだ。

今まで見た中で一番区画《ブロック》整理が進んでおり、広い道路で隔てられた区画が整然と並んでいる。

隣接する建物の高さはきれいに揃えられている。七階建てくらいだろうか、ほとんどが一階が店舗になっている集合住宅だ。

しかし、名前ほど赤くはない。ぱっと見る限り、むしろ街路樹の緑の多い街だが、よく見ると屋根は揃いの赤い瓦葺《かわらぶ》きだ。これが名称の所以《ゆえん》だろう。

プラネタリーホテルは五等級で言うなら三等級に相当するホテルだった。とびきり高級ではないが、安宿でもない。居心地の良さそうなホテルである。

セリオンの話では、ここは主に技術者たちが長期滞在しているそうだ。

意図的にか偶然かはわからないが、研究者の多いホテルでなくてよかったと二人は思った。

専門的な会話につきあわされたら、とても本物の宇宙地質学者では通せないところだ。

二人にあてがわれたのは最上階の部屋で、居間と寝室部分が続き部屋になっている。

恐らくこのホテルで一番いい部屋だろう。

二人は部屋のつくりをざっと確認した。

荷物を置くというのは口実で、実際は自分たちが今夜寝る場所の安全を確かめておきたかったのだ。

これは二人の習慣になっている。現役総帥だった頃は警備は人任せにしており、それで充分だったが、今はそうはいかない。

ジャスミンは元は軍人で、ケリーも何度も生死の境をくぐり抜けてきた男である。

壁の厚さ、扉の頑丈さ、鍵の形式、非常口などをざっと点検して、これならよしと頷いた。

荷物を置いたが、最低限の武器は身につけておく。

二人とも愛用の銃器をいろいろと持ち込んでおり、ケリーがひっそり呟いた。

「妙な星だぜ。武器の持ち込みを制限しないとは」

「一応、大臣がわたしたちの身元を保証した恰好になっているせいじゃないか」

入国審査で武器を持っているかどうかを訊かれた二人はやや控えめに、手持ちの銃器の半分くらいを答えた。なぜなら丸腰で地上に降りる気はさらさらなかったからである。

もし武器を取り上げられたら、残り半分を無断で持ち込むつもりだった。

ところが、係官はあっさり税関を通したのだ。

地上では使用は控えてくださいと注意はされたが、それだけである。

外国人に武器の所有を許すとは普通ではない。

僧侶がミサイルや銃器を扱う話も聞いていたので、地上にはいったいどんな殺伐《さつばつ》とした景色が広がっているのかと危惧《きぐ》したが、杞憂《きゆう》に終わった。

街の様子や人々の表情、雰囲気を見ればわかる。

昼間ということを差し引いても、犯罪には縁遠い、穏やかで平和な様子が伝わってくる。

フロントに鍵を預け、ホテルを出ると、玄関前で待っていたセリオンが尋ねてきた。

「そろそろお昼ですが、何を召し上がりますか」

「そうさなあ。外国人向けよりは、地元の人がよく利用するところがいいな」

「では北区と南区のどちらに致しましょうか？」

ジャスミンが尋ねた。

「セリオンの寺院はどこにあるのかな？　お師匠の手の空いた頃を見計らってご挨拶をしたいんだ」

セリオンは顔を輝かせて言った。

「わたしの勤める寺院は北区にあります。いらしていただければ師もきっと喜ぶと思います。ミスタ・ロムリスにもお二人にも本当に申し訳ないと言っておりましたから」

「それなら北区で食事にしよう」

ジャスミンとケリーはセリオンも誘ったが、彼は首を振った。

「わたしは結構です。お二人がお食事を済ませる間、托鉢《たくはつ》に参りますから」

「食べ盛りが遠慮は良くないぞ」

「そうとも。どうせなら一緒に食べよう」

「ですけど、女性とは同席できませんので」

控えめに言われて微笑したジャスミンだった。

こんなところでこんな少年に女性扱いされるとは思ってもみなかったことだ。

ケリーも微笑を嚙み殺しながら問いかける。

「北区には持ち帰りできる料理はないのかな？」

「いいえ。たくさんあります」

ジャスミンも言った。

「確か地面に座っていれば異性と向かいあわせでも同席にはならないと聞いたぞ。そこで質問だ。食べ物を広げても怒られない公園か広場は近くにないか。河原でもいい」

「……公園があります」

「では決まりだ」

「この気候なら外で食べるのも気持ちがいいだろう。──つきあってもらえるかな？」

セリオンは呆気に取られていたが、微笑を含んだ二人の眼に見つめられて、ぺこんと頭を下げた。

「──ご馳走《ちそう》になります」

北区の料理はなかなか魅力的だった。

分厚いハムを挟んだ全粒粉のパン、羊の骨付き肉、茸《きのこ》と山鳥の肉を使ったパイ、たっぷりの野菜を赤ワインで煮たシチューなど、どれも美味しそうだ。

ジャスミンが量を度外視して次から次へと料理を頼むので、セリオンは慌てて言った。

「あの、わたしはそんなにはいただきませんから」

「気にするな。わたしが食べるんだ」

「俺も食べる」

少年僧侶は眼を丸くしていたが、二人は真面目に言っている。店の人間も大量の注文に驚いていたが、持ちやすいようにそれぞれ紙の箱に詰めて、さらに大きな袋に入れて提げられるようにしてくれた。

いい匂いのする荷物を持った二人を、セリオンは近くの公園まで案内した。

木や草むらが茂っていて全貌《ぜんぼう》が見えないが、広い公園である。木の間を縫《ぬ》うようにして小径《こみち》を進むと急に視界が開けて緑の牧草地が現れた。

ちょうど昼食時ということもあって、大勢の人が座り込んで思い思いに食事をしている。

ジャスミンとケリーもそれに倣《なら》った。

短くてやわらかい草むらは座るのにちょうどいい。

　山のような食料を広げて、さあ食べようという時、セリオンと同じ風体の僧侶が音もなく近づいてきて、合掌しながら静かに頭を下げた。

「喜捨《きしゃ》をお願いできますかな」

　五十歳くらいだろうか、張りのある豊かな声だが、ものやわらかな口調である。

　ただし、この人の顔にも刺青がない。

　ジャスミンは笑って、広げた弁当を示した。

「どうぞ、お好きなものを」

「いいえ、それは致しかねます」

　僧侶にとっては自分で選ぶのではなく、あくまで『善意でくださる』ものを受け取るのが重要らしい。

　それならとばかり、ケリーは空の箱に骨付き肉やパンを大量に詰めて僧侶に差し出した。

「これだけあれば足りますか？」

「こんなにはいただけません。多すぎます」

「でしたら、残りはお持ち帰りください」

　ケリーは笑って言い、ジャスミンも言った。

「冷めても美味しく食べられるものばかりですから、どうぞご遠慮なく」

　僧侶の服装から近くに住む人だろうと判断したが、その判断は正しかったらしい。

　食べ物を受け取った僧侶は二人に向かって合掌し、セリオンにも静かに合掌した。

　セリオンも立ち上がり、同じように合掌した。

　僧侶が去った後で、あらためて弁当を食べ始める。

　やっと中学一年生くらいの少年なのにセリオンの食べ方は実にきれいなものだった。

　音を立てないのはもちろん、食べ物を丁寧に扱い、座禅《ざぜん》を組み、まっすぐ背筋を伸ばしている。

　ジャスミンとケリーは無造作に胡座《あぐら》を組んでいた。彼らにとってはこのほうが楽なのだ。

「今の人は知り合いかな？」

「はい。同じ寺院のキダム・フォルカンです」

「フォルカンというのはセリオンより上の位か？」

咀嚼《そしゃく》中だったセリオンは驚いたらしい。口の中のものを頬張ったまましゃべったりせず、口の中の食べ物をきちんと呑《の》み込んでから熱心に頷いた。

「もちろんです」

「さしつかえなかったらトゥルークの僧侶の階級を教えてくれないか。具体的に何段階あるんだ?」

「三十二階位です」

セリオンは言って、説明した。

「僧になろうとする者はまず僧見習いを経験します。見習いはすべてソワントと呼ばれます。最初の位が——一番低い位のことですが、ディグランで、次がエルロン、シオン、フェイノン、ルクセンと続いて、その次がセリオンです」

「ほう、セリオンはそんなに上の位なのか?」

「三年でそこまで行くとは、クローム・セリオンは優秀な僧なんだな」

「いいえ。わたしなどはまだまだです」

謙遜《けんそん》しながらも、褒《ほ》められて嬉しそうだったが、得意に思う気持ちは即座に慢心に繋がると言われているのか、一生懸命、表に出すまいとしているのがまた可愛らしい。

「先程のフォルカンはセリオンよりいくつ上だ?」

「十一階上です」

それでもやっと全体の真ん中辺《あた》りだ。

「セリオンの師匠はオージェンだそうだが、それはどのくらいの僧位なのかな」

「最上位のライカーンから数えて九位目です」

はきはきと答える。

「しかし、セリオンにも先程のフォルカンにも顔に刺青がないんだな」

これはセリオンにはびっくりな発言だったようで、急いで言い返してきた。

「それはそうですよ。顔に刺青を刻むのはサリザン以上の僧だけです」

「じゃあサリザンは上から何番目なんだ?」

セリオンは黒い眼をまん丸にした。

トゥルーク人なら訊くまでもない質問だからだが、ケリーもジャスミンも外国の人である。

　知らなくても当然だと自分に言い聞かせたのか、慎重な口調で説明してきた。

「サリザンは三十二階位にはいらっしゃいません。──あの方たちは別格です」

　二人とも驚いた。

「サリザンというのはそんなに高い位なのか？」

「もちろんです。ライカーンまでの修行を終えて、さらなる高みを目差して修行する方たちです」

　勢いよく頷いたセリオンだった。

「サリザン以上の僧侶は僧の中でも特別な存在です。一度でもお会いすればきっとおわかりになります」

　いや、それはもう骨身に染みて知っている。

「わかった。それじゃあ、サリザンより上の僧位を全部教えてくれないか？」

「はい。まずサリザン、シュヴァリン、ディマント、ゴオラン、ドルガンです」

　セリオンはそこで言葉を切った。

　二人はかなり長い間セリオンの言葉を待ったが、小さな僧侶は澄んだ黒い瞳で不思議そうにこちらを窺ってくるので、驚いて問い返した。

「──ドルガンが最高位なのか？」

「そうですよ」

　セリオンはむしろきょとんとしながら頷いたが、二人とも何とも言えない顔になった。

　ジャスミンが軽くケリーを睨みつけながら言う。

「……ひょっとして、おまえの天使はとんでもない爆弾を投下したんじゃないか？」

「あいつの爆弾発言も行動もいつものことだが……極めつけにまずい気がするぜ」

　無邪気《むじゃき》にこちらを窺う黒い瞳に気づいて、二人はさりげなく話を逸《そ》らすことにした。

　ケリーが尋ねる。

「俗っぽい意見で悪いんだが、いずれはこの位まで出世したいという希望はあるのかな」

少年は困惑したような顔になった。

「わたしたちは僧位が移ることを……出世するとは申しません。あくまでどのくらい修行を積んだかという目安として呼び名が変わるだけですので……」

ケリーは素直に頭を下げた。

「俺にはそれが一番わかりやすい表現だったんだが、すまなかった。不快に感じたならお詫《わ》びする」

「とんでもない」

セリオンもびっくりしたように眼を見張っている。

ジャスミンがとりなすように優しく話しかけた。

「還俗《げんぞく》する人は多いのかな?」

「はい。トゥルークでは——男は特に、一度は神に仕える生活を送るべきという考えが一般的ですから良家の男子はみんな僧院に入りますけど、たいてい俗世に戻っていきます」

「サリザン以上の僧侶ではどのくらい還俗した人がいるんだ?」

またまた眼をまん丸にしてセリオンは首を振った。

「いらっしゃいません」

「何?」

「サリザン以上の僧侶が還俗することはありません。顔に刺青を刻むのはその証です。生涯を神に捧げ、決して還俗しないという意思を表すためです」

恐ろしくきっぱりと言い切られて、二人は複雑な視線を見交わした。

ダレスティーヤとエルヴァリータの存在が連邦に秘密にされていたのは知っていたが、まさか地元の若い僧侶にまで知らされていないとは意外だった。

ケリーは努めて何気なく問いかけたのである。

「セリオンはミスタ・ロムリスと親しいのかな?」

「わたしはその方にお会いしたことはありません」

そうだろうと思った。あの顔を見れば、その人が以前は何者であったかは一目瞭然だからだ。

ジャスミンが尋ねた。

「お師匠はその人と親しくされているのだろう?」

「はい。師にとってとてもたいせつな方です。時々、その方からお手紙が届くのですが、師はいつもそのお手紙を捧げ持って読まれます。ですから、以前はかなり高位の僧侶だった方なのだと思います」

高位も高位、上から二番目だ。

二人が沈黙している間にセリオンは食事を終えて「ごちそうさまでした」と合掌した。

4

大量の食べ物をジャスミンとケリーが片づけた後、セリオンは彼の寺院に二人を案内した。

公園からは歩いてすぐだった。車が通る大通りに面した賑《にぎ》やかな街中にあるのに山門を一歩くぐった途端、ふっと空気が変わった。

山門（寺院の入口）が面している。

二人は思わず周囲を確認したが、ここにはエア・カーテンのような設備はない。

山門を包むように樹木が植えられているだけだ。

それなのに、石畳を進むにつれて喧噪《けんそう》はますます遠ざかっていき、建物が見える頃には周囲はしんと静まり返っていた。

戸惑うくらいの静寂《せいじゃく》の中、セリオンの明るい声がさわやかに響く。

「オルサム寺院です。パーヴァルがつくられる以前からここにありました」

一同の前に現れたのは木造の大きな建物だった。庇《ひさし》が長く、扉は大きく開け放たれている。内部がそっくり見えるが、人の気配はない。

奥のほうに衝立《ついたて》がある。その向こうに別の部屋があるのかもしれなかった。

「ずいぶん静かだが、他の僧侶はいないのかな？」

「いいえ。この時間なら皆、奥で作務《さむ》中です。あ、お師匠さま！」

いつの間にか衝立の向こうから人が現れ、入口で草履《ぞうり》を履《は》いて、こちらへやって来る。

五十代に見える、がっしりとたくましい体格の男性だった。セリオンと同じ服装をしている。

皺《しわ》の刻まれた顔に刺青《しせい》はないが、むきだしの二の腕には複雑な図形が刻まれている。

セリオンはその人に近づき、合掌《がっしょう》して言った。

「クーアご夫妻をお連れしました」
半白の髪を長く伸ばし、後ろで一つに束ねている
その人はケリーとジャスミンに合掌して名乗った。
「ナッシュ・ルテラス・オージェンです」
ジャスミンとケリーも自己紹介し、オージェンは
あらためて二人に一礼した。
「わたし自身がお迎えに伺《うかが》うつもりだったのですが、
どうしても手が放せず、申し訳ありません」
「お気になさらず。急病人が出たと伺いましたが、
そちらのほうは？」
「はい。おかげさまで。大事なく」
「それは何よりです。――こちらでは皆さん医師の
資格をお持ちなのですか？」
「いいえ。僧全員が医術を学ぶわけではありません。
数学や物理、化学を学ぶ僧もおります」
それなら薬をつくる知識はあるわけだと、二人は
胸のうちで考えた。
セリオンはきらきらした眼で師匠を見上げており、
オージェンは小さな弟子に優しく笑いかけた。
「ちゃんと案内ができたかな？」
「はい。お食事をご馳走《ちそう》していただきました」
「おお、それはよかった。では、午後からの作務に
参加しなさい」
「はい。それでは失礼致します」
セリオンは二人に合掌して、深々と頭を下げると、
建物には入らずに敷地のさらに奥へ向かった。緑に
遮《さえぎ》られて見えないが、別の建物があるのだろう。
小さな後ろ姿を見送って、ケリーはオージェンに
話しかけた。
「可愛いお坊さんですね」
「はい。まだ若いのですが、修行に熱心な子です。
いい僧侶になるでしょう」
オージェンは二人を建物の中に誘った。その際、
履き物はお脱ぎくださいと言われて、二人とも靴《くつ》を
脱ぐのにちょっと手間取った。その習慣に馴染《なじ》みが
なかったのが一つ、もう一つは靴の中にいろいろと

物騒なものを忍ばせていたからだ。

二人ともオージェンには見えないようにしながら、それを服の胸元や袖口《そでぐち》に強引に押し込み、何食わぬ顔で立ち上がった。

「お邪魔します」

古びた木の建物だが、造りはしっかりしている。

扉を開け放ってあるのに、中に入ると、ますます空気が澄んだような心持ちがする。

奥から若い僧侶が現れ、板張りの床に丸い敷物を三人分敷いてくれた。

敷物を示して、オージェンは二人に言った。

「どうぞ、お楽に」

二人が無造作に腰を下ろすと、別の僧侶が現れて、お茶を出してくれた。独特な香りは薬草のようだが、口にしてみると薬臭《くさ》さはまったくなく、すっきりと香ばしい味わいである。

「これは美味《おい》しい」

「初めていただきました。なんというお茶ですか」

二人の感想にオージェンは微笑して言った。

「我が国特産の藍王木《らんおうぼく》という薬草を使った茶でして、滋養強壮に効能があるものです」

藍王木の名前を聞いても、ジャスミンもケリーも驚いた様子は欠片《かけら》も見せなかった。

感心したような顔で話題に乗った。

「お国の特産品ですか？」

「いいですね。これは売り物になりますよ」

「わたしどもにとっては珍しくもないものですから、そのように言っていただけるのは嬉《うれ》しいことです」

丁寧《ていねい》に答えたオージェンは、ふと形をあらためて尋ねてきた。

「お二人はミスタ・ロムリスとミズ・シノークとは親しくされているのでしょうか」

「親しいも何も一度お目に掛かっただけですよ」

ケリーの答えをオージェンは意外に思ったらしい。

「さようでしたか。では、あらためてお尋ねします。お二人はご夫妻をどのように思われましたか？」

「と言いますと？」

「ミスタ・ロムリスとミズ・シノークにお会いして、あなた方は何をお感じになりましたか？」

これまた答えにくい抽象的な質問である。

ケリーは首を捻《ひね》り、端的に問い返した。

「あなたは俺たちに何と言って欲しいんです？」

「在《あ》るがままを」

重々しく答えたオージェンだった。

「お二人がご夫妻にどのように印象を持たれたのか、在るがままを語っていただきたい」

ジャスミンとケリーは互いを見て肩をすくめた。

「どうと言われても、お二人とも見識もお持ちだし、人格も優れている。それでいて愛嬌もある。率直に言って好感の持てる立派な方たちだと思いました」

「お似合いのご夫婦だとも感じました。互いに深い愛情と信頼で結ばれていらっしゃる」

ルテラス・オージェンは深々と頭を下げた。

「ありがとうございます」


どうして礼を言われるのかさっぱりわからないが、ケリーとジャスミンがあの夫妻に好印象を持ったということがオージェンには重要らしい。

ケリーも気になっていたことを尋ねてみた。

「サリザン以上の僧は何人くらいいるんですか？」

「トゥルーク全体でという意味でしょうか？」

「いえ、この寺院にです」

オージェンは少し眼を見張って微笑を浮かべると、首を振った。

「いらっしゃいません」

先程の弟子と同じ答えである。

「わたしがこの寺の住持職《じゅうじ》ですから、わたしより位《くらい》が上の僧侶がいるはずもありません。高位の方たちは普段は僧院にいらっしゃいます」

今度はジャスミンが尋ねた。

「寺院と僧院は違うんですか？」

「厳密に申せば違います。寺院はすべての人の拠り所となる場所で、僧院は正式には修行僧院と称し、その名の通り僧になるものが修行するところです」

とということはヴェラーレンが言った、どうしても内部に侵入できない寺院とは僧院のことを意味しているのかと、二人は思った。

「ですけど、寺院でも修行を行うのでしょう?」

「はい。ただ、修行の種類が異なります。僧院での修行はより深く神のご意思を感じ取るためのもので、寺院の修行は日々の研鑽《けんさん》に努めるものです」

「……そうすると手順としてはまず寺院に入門して、それから修行僧院に出向くのですか?」

「はい。ほとんどの者は見習いとして山門を叩き、ディグランの位を授かります。そこで修行を積み、時期が来たら修行僧院へ向かいます」

「時期とは、上の位へ移る時ですか?」

「おっしゃるとおりです。ですからその時期が来た僧侶は自ら僧院を訪ね、修行の成果を認められれば新たな位を授かります。クローム・セリオンは既に五回、僧院を訪れております」

ケリーは躊躇《ためら》いながら訊《き》いた。

「ちょっと失礼なお尋ねかもしれませんが、それはたとえば免許の更新のようなもので、すぐに終わる手続きなんですか?」

オージェンは笑って首を振った。

「いいえ。本人の修行の完成度と、僧位によりますクローム・ルクセンはセリオンの位をいただくまで三日でしたが、フォルカンであった僧がユーリンを名乗るにふさわしい資格を得たか否《いな》かは高位の方がもっと時間を掛けて見定めることになるでしょう」

「ははあ……」

「また、位が上がるに連れて、僧院に赴《おもむ》いたものの、まだ早いと諭《さと》されて、新たな位を得ずに戻ってくる僧も大勢おります」

「では、ゴオランだった人がドルガンにふさわしくなったかどうかは誰が決めるんです?」

「それには本山すべての同意が必要となります」

二人は問いかけの表情を浮かべた。

「本山とは修行僧院のことを指します。全国に三十一箇所ありますが、ドルガンが新たに誕生する際はこの三十一の本山すべての同意が必要です」

二人とも驚いて聞き返した。

「三十一箇所も本山があるんですか?」

「はい。全国に散っております。さもないと遠方の寺院の僧侶が訪れるのも難儀致しますので」

確かにその通りではある。

「東区にあるヴィルジニエ僧院は我らトゥルークの僧侶の総本山です。ここはかつてミスタ・ロムリス、ミズ・シノークが在籍していた僧院でもあります」

「あなたも同じ僧院で修行していらした?」

「はい。ミスタ・ロムリスは……当時のクレイス・ゴオランはわたしの師でした。率直に申せば、今も師として仰いでおります」

「サリース・ゴオランもそうおっしゃいましたよ」

オージェンは寂《さび》しげな微笑を浮かべて頷《うなず》いた。

「あの方はクレイス・ゴオランの一番弟子でした。故にゴオランが還俗《げんぞく》すると言われた時は……泣いて泣いてお食事も喉《のど》を通らぬほどで……我らもですが。いかにお引き留めしてもクレイス・ゴオランは己の意思をお曲げにはならなかった」

ジャスミンが問いかけた。

「クローム・セリオンはその事実を――、ロムリスご夫妻がどういう方たちかを知らないようですね」

「それは、わたしが口にしないからでしょう」

何とも言えない口調でオージェンは答えて、再び二人に頭を下げた。

「ミスタ・ロムリスは、本来ならば自身でお二人をお迎えするべきところだが、自分が出向いたのでは必要以上に目立ってしまう。それでは申し訳ないと、お二人の本意ではないはずとおっしゃいました」

「そこまで気を遣ってくれなくても、俺と女房ならどこにいても充分目立ちますよ」

「わたしもさように思います」

とオージェンは真顔で言ったものだ。

「サリース・ゴオランから既に伺っていたとはいえ、驚きました。しかしながら、ミスタ・ロムリスには人前には出られない事情がございます」

ケリーもジャスミンも鋭く察した。

「もしかして、クローム・セリオンだけではなく、パーヴァルの人たちも知らないのですか。ロムリスご夫妻が還俗した高僧であることを？」

オージェンの沈黙が答えだった。重い口を開いて彼は言った。

「あれからもう二十三年になります。当時の事情を知る者は黙して語らず、ご夫妻はこの二十三年――東区から一歩も出ることはありませんでした」

ジャスミンが表情を厳しくして尋ねる。

「それはお二人が自由意思でなさったことですか。それとも何かの罰則ですか？」

「無論、ご本人たちの意思です」

「ではあなたはどう思っているのです？」

「と言われますと？」

「本来は還俗するはずのない二人が結婚したことをどう考えていらっしゃるんです？」

筋骨たくましい僧侶は微動だにしなかった。

だが、深い皺の刻まれた表情、澄んだ瞳《ひとみ》を見れば、当時から何度もこの問題を考えていたことが窺《うかが》える。

長い沈黙の末に、吐息とともに答えた。

「……なぜ、あの方たちだったのかと思います」

二人ともすばらしく優秀だった。

将来を嘱望《しょくぼう》されていた僧侶だった。

「トゥルークには約二十万人の僧侶がおり、全国に約八千の寺院があります。それらを担当区域ごとに統括《とうかつ》するのが修行僧院です。修行僧院を率いる僧はドルガンの中から一人選ばれて、大師《だいし》と呼ばれます。申すまでもなく、生半《なまなか》な者には務まらぬ役目です。ミスタ・ロムリス――いえ、クレイス・ゴオランはもっとも若い大師になるだろうと思われた方でした。ミズ・シノーク――いえ、マリス・ゴラーナもです。女僧《にょそう》初の大師となられる方だと、あの時まで誰もが信じて疑っていなかった……」

オージェンの嘆息《たんそく》は限りなく深い。

そんな僧侶を気遣いながら、ジャスミンは言った。

「あなた自身はどうなのです。お二人の選んだ道は間違いだったと思いますか？」

オージェンはゆっくり首を振った。

「正直なところを申せば、わたしにはわかりません。優れた僧侶だったお二人を惜しむ気持ちはわたしの未練です。あの方たちはそんな未練は微塵《みじん》も感じておられなかった。神のご意思に従うとおっしゃった。しかし、何と言っても当時のゴオランもゴラーナも若かった。しかも、ゴオランは誰が見ても申し分のない若者であり、ゴラーナは誰もが眼を見張るほどお美しい方だった。それ故……」

それ以上のことはオージェンは語らなかったが、聞かなくてもわかる。恐らく当時の二人を非難するばかりか、弾劾《だんがい》する声も相当あったに違いない。

それを察してケリーは率直に尋ねた。

「あなたもお二人が堕落したとお思いですか？」

「滅相もない」

きっぱりと否定したオージェンだった。

「わたしには理解できなくとも、あの方たちが神の啓示を受けたことは疑いようもありません」

「どのような啓示をです？」

「……それはわたしの口からは申せません」

何かが彼の禁忌に触れるらしい。重苦しい表情で言ったオージェンだったが、唐突《とうとつ》に形をあらためて、ジャスミンとケリーを見つめて尋ねてきた。

「お二人には信ずる神はおわしますか？」

「そういう名前で呼ばれているものは信じません」

やんわりと、だが即答したジャスミンだった。

「人間《ひと》によって生み出された神《もの》ならなおさらです」

ケリーも妻に同意した。

「ただ、人知を超えた何か大きな力の存在でしたら信じていますよ。俺は船乗りですから」

意味がわからないのか眼を瞬《しばたた》いたオージェンに、

ケリーは笑って言った。

「表向きは地質学者という身分で入国しましたが、俺は根っからの船乗りです。トゥルークではあまり心証が良くないようですがね、その存在を信じずに宇宙に出る船乗りはいません」

オージェンは頷き、あらためて合掌した。

「わたしどもは人知を超えたその存在――その力を『大いなる闇《やみ》』と呼んでおります」

「そのようですね」

「大いなる闇が顕現《けんげん》されたとサリース・ゴオランがおっしゃっていましたが……」

「ええ。どうやら俺の知り合いのことらしい」

「それも伺いました。クーアご夫妻は大いなる闇のご加護を得られた方たちだと」

ジャスミンがこっそり「わたしまで勘定《かんじょう》に入れて欲しくないいんだが……」と呟《つぶや》き、ケリーも小声で「あんただって恩恵に与《あずか》ってるんだぞ」と返す。

オージェンはそのやりとりを聞かないふりをしてくれたようで、笑顔で言ったものだ。

「わたしには残念ながらその力は感じられませんが、お二人にお目にかかれて本当に嬉しく思います」

「俺たちもですよ、ルテラス・オージェン。最後に一つだけ聞かせてください」

ケリーはちょっとあらたまって言った。

「その知り合いが、ミスタ・ロムリスをクレイス・ドルガンと、ミズ・シノークをマリス・ドガールと呼んだことは問題になりますか？」

オージェンは重々しく頷いた。

「ならぬはずがございません。既に僧院を揺るがす大問題として広がりつつあります」

二人はそっと顔を見合わせた。

地上に降りたのはまずかったのではないかという思いはますます強まるばかりだった。

午後も誰か案内をつけるというオージェンの申し出を謝絶して、二人はオルサム寺院を後にした。

宇宙港に残ったダイアナに連絡を取ってみたが、やはり『手も足も出せない』状態だという。

「管制に気づかれずにここを出るのはどうやっても不可能だわ。やるとしたら、さっきも言ったように強引に隔壁《かくへき》を爆破して出て行くしかない。けれど、そんなことをやったら大騒ぎよ。ここのシステムを籠絡《ろうらく》できない以上、わたしの脱出は自動的に地上に知らされて即座にミサイルが飛んでくるわ」

ミサイルの一発くらいならダイアナは対物防御で防げるが、そこまで派手なことをやってしまったら十や二十では効かないミサイルと無数のエネルギー砲撃が飛んでくる。

それらをすべて防ぐことは彼女にもできない。いやでもおとなしくしているしかないらしい。

やれやれと思いながらケリーは訊いた。

「地上の様子はやっぱり摑《つか》めないか？」

「……言わないでよ」

ダイアナの声は不機嫌そうだ。機械相手に優位に立てないことが彼女の誇りに拘《かか》わるのだろう。

「ここの管制システムに何とか割り込んでみたけど──今のところそれが精一杯。主導権は取れないわ。地上の様子を窺い見ることは可能だけど、やっぱりパーヴァル以外は全然だめ」

「了解。──明日には宇宙に出られるはずだから、おとなしくしてろよ」

「あなたもね、ケリー」

ダイアナとの連絡を切って、ケリーは言った。

「唯一の救いは、こんな特殊な環境なら地上に薬の製造工場はないと断定できそうだってことだな」

ジャスミンも頷いた。

「だがな、それはそれで不可解なんだ。貨物船から奪う材料だけでどれだけの量が生産できると思う？　わたしなら地上からぶんどっていくぞ」

「一番現実的なのは坊さんの一部が海賊と結託して船を通してやっている可能性なんだが……」

現役の高僧と元高僧夫妻はその可能性をきっぱり

否定している。

彼らを疑うわけではない。それどころか三人とも真実を語ったのはわかっている。が、羅合《らごう》の製法を知る僧侶が総本山にしかいないのか、それとも他の本山にもいるのかで話は全然変わってくる。

しかし、それは今ここで考えても始まらない。すべては明日、大臣と話してからだ。

そう割り切った二人は開き直って市内見物をして過ごすことにした。

行き先は、この二人には似合わない場所だったが、主に寺院巡りである。

僧侶がこの惑星で重要な役割を担っていることは明らかだから、他の寺院も見てみようと思ったのだ。

パーヴァルの交通網は主にバスが使われている。網の目のような複雑な路線図だが、そのおかげで街中の移動に不自由はしない。

百万人の大都市だけあって、至るところに寺院があった。何人もの僧侶がいる大きな寺院もあれば、住持職一人だけという小さな寺院もあった。

突然の来訪もどこの寺も快《こころよ》く受け入れてくれ、二人の質問にも答えてくれた。住持職の位も様々でウダイン、ダチェン、クレメン──それぞれ上から十二位、十位、十一位だそうだ。

「意外にベスト五《ファイヴ》が入ってないな?」

「確かに。それ以上に不思議なのは……」

十軒目の寺院を出たジャスミンが独り言のように呟いた。

「三十年前にこの星に連邦の探査船が降りたという話だが、その船はなぜ撃墜《げきつい》されなかったんだ?」

「俺もそれが気になってる」

ダンやヴェラーレンが言うほどの迎撃システムを持っているなら、そもそも着陸を許すはずがない。

「近くに総本山があるって言ったな。そこに破片が落ちるのを嫌ったか?」

「それならなおさらミサイルを山ほどお見舞いして、木《こ》っ端微塵《ばみじん》に粉砕しそうなものだが……」

そんな物騒な話をしながら、北区、西区、南区と、主立った寺院を見て回った。

精力的な二人が二十一軒の寺院を見物し終わる頃、陽が傾いてきたので、西区に戻った。

旅行者を装い、なるべく暇そうな住人を選んで、どこか近くに食事できるところはないかと尋ねると、どの人も実に快く親切に教えてくれた。

「トゥルークは食べ物が美味いんだよ。野菜も肉も魚もね。何が好み？」

「予算はどのくらいですか？　食べる量は？」

「お酒も呑《の》めるところがいいだろう。賑やかな店と静かな店と、どっちがいい？」

あまりにも友好的《フレンドリー》な反応に、二人のほうが意外に思ったくらいだ。

見た目が迫力満点の二人は初対面の人にここまで懐《なつ》っこく接してもらうことはほとんどない。

言葉は悪いが、人間を見たことがないので人間を恐れることを知らない野生動物のようですらある。

おもしろくなった二人が『味が最優先、とにかく安くて美味《うま》いところ』と要望を追加し、あらためて人数を増やして尋ねてみたところ、半数ほどの人が同じことを言った。

「サッカレー街の『ライディング』って食堂が一番おすすめだね。トゥルークの料理と一口に言ってもいろいろあるけど、北や南、海の向こうの料理まで、その土地の材料を調理して出してくれるんだ」

安い食堂でどうしてそれが可能なのかというと、流通の伝《つて》がある上、それぞれの地方出身の料理人が腕を振るっているからだそうだ。

こうした説明を熱心にしている時でも僧侶が通りかかると、人々は自然と僧侶に道を開けて会釈《えしゃく》する。

ケリーとジャスミンは感心して言ったものだ。

「この星の皆さんは本当に信仰に熱心なんですね」

ところが、この感想にみんなきょとんとする。

「え？　そうかな」

「いつもやってることだから……」

ものごころついた頃からの習慣なので、彼らには特に変わったことをしている自覚がないらしい。

二人は時間を割《さ》いてくれた人たちに礼を言って、サッカレー街に向かった。そこはいかにも庶民的な飲食街だったが、決して柄《がら》が悪いわけではない。

明るい照明が灯り、店の外にも机と椅子が並び、店の扉は開け放たれ、街灯の下で客たちが楽しげに談笑している。気持ちの良い眺《なが》めだった。

こういう雰囲気は二人の好むものでもある。

『ライディング』はひときわ賑わっている店だった。

店内に入ると、忙しそうに動き回る店員が笑顔で「いらっしゃいませ！」と迎えてくれた。

ちょうど他の客が席を立ったところで「こちらへどうぞ」と案内される。

献立表《こんだて》には様々な地方料理の名前が並んでいる。

昼は北区の料理を食べたので、それ以外を頼むと注文すると、横の机の客が笑い声で言って来た。

「北の料理もいろいろですよ。まだ食べてないなら

クリントのラフィをぜひ試してください。野兎《のうさぎ》に地元の野菜を添えたローストでね、美味いですよ」

すると、今度は反対側から声が掛かる。

「いやいや、ウダのチャイスも忘れて欲しくないね。魚介と米のスープ煮で、組み合わせが美味いんだ」

さらに別の客が負けじと言ってくる。

「だったら、ロンダのパネールを忘れてもらっちゃ困るなあ。豚の足と臓物の煮込みさ。絶品ですよ」

各地方の出身者がたまたまいたらしい。

ケリーとジャスミンは笑って客たちに答えた。

「せっかくのお勧めは断れないな」

北の地方の特産だという雉《きじ》と野兎は絶品だった。

黒パンに店の自家製だという林檎《りんご》のバターがよく合う。西部から届いたばかりだという新鮮な魚介にオリーブオイルとレモンのドレッシングも美味い。

南部料理の豚の足と臓物の煮込みが登場した時は二人とも完全に相好を崩していた。

「このお値段でこの味は奇跡だな！」

これだけ食べてもまだ足らなかったので、二人は追加注文までした。

何を食べても美味しく、二人はすっかり満足して席を立った。混雑する飲食店で長居は禁物である。

腹がくちくなると酒が欲しくなる。

無論ここでも呑んでいたが、もっとしっかりした酒が恋しかったので、会計時に店員に訊いてみた。

「近くにうまい酒を呑ませるところはないかな?」

すると店員は穴場だという酒場《バー》を教えてくれて、笑って言ったものだ。

「本当にいい酒ばかり置いていて、バーテンの腕も一流です。ただ、バーテンがすごい強面《こわもて》揃いなんで、よその土地の人にはあんまり勧められないいんだけど——お客さんたちなら大丈夫!」

おかしな太鼓判《たいこばん》を押されてしまった。

教えられた場所を訪ねてみると、やはり賑やかな飲食街だ。店の外まで客で賑わう飲食店と飲食店の間に、ぽつんと通用口のような扉があった。

看板も何も出ていない。ただ、扉の中央にネームプレートのように小さく『クレセント』とある。

扉を開けると、奥は意外に広かった。

カウンターの他に四人掛けのテーブルもある。

カウンターは顔が映りそうなほど磨《みが》き上げられて、後ろの棚には酒瓶《さかびん》がずらりと並んでいる。

正しく酒場だが、客の姿はない。

カウンターの中にバーテンダーが二人、若い男と中年の男だった。確かにどちらも見事な強面である。

特に若いほうは顔立ちはいいのに、愛想がない上、がっしりした身体つきなので余計に恐く見えるが、身体の大きさで言うなら客たちのほうが上だ。

若いバーテンダーは迫力満点の客二人に驚いたが、如才《じょさい》なく声を掛けてきた。

「いらっしゃいませ。カウンターへどうぞ」

扉を閉めると、外の喧噪が一気に遠ざかった。

「いい店だな」

止まり木に腰を下ろしてケリーが言うと、中年のバーテンダーが微笑して尋ねてきた。

「ご注文は？」

「食ってきたばかりなんで、食後に何か欲しくてな。適当に見繕《みつくろ》ってくれ。ただし、トゥルークでしか呑めないものがいい」

ジャスミンも言った。

「後は、そうだな。なるべく強いのを頼む」

中年のバーテンダーはトゥルークの地酒をまずはそのまま、小さなグラスで出してくれた。

グラスの形状からして一息に空けるものだ。

なるべく強いのをという注文に応えたのだろう。一見《いちげん》の——それも女性客に出すのは型破りだが、ケリーはもちろんジャスミンも一息に口に放り込む。

ほとんど味がしない。澄み切った液体だったが、腹の底から、かあっと熱が上がってくる。

口当たりはいいのに焼け付くような強い味わいに、ジャスミンは微笑して言った。

「いいな。これならいくらでも味をつけられそうだ。ベースにして何かつくってみてくれないか」

バーテンダーはこの注文にも応えて、いろいろと手を加えて出してくれた。

何と言っても酒豪の二人である。顔色も変えずに十杯ほど呑んだ頃、勢いよく店の扉が開いた。

「こんばんは、ジーク！」

若い女性の一人客だ。若いほうのバーテンダーが顔色一つ変えずに言い返した。

「仕事中だぞ、エレ」

「あたしはお客よ。ビスカ酒！　ソーダ割りで！」

異様に朗らかなのは既に呑んでいるからだろうが、意外にもしっかりした足取りで止まり木に座ると、女性は若いバーテンダーに早口で話しかけた。

「聞いて、ジーク。あたし結婚するの」

仕事中に知り合いと話をするわけにはいかないと思っているのか、ジークは答えなかったが、中年のバーテンダーがそっと眼で合図した。

相手をしてやれという意味だ。

若いバーテンダーは律儀《りちぎ》に先輩に眼で会釈して、彼女をたしなめるように言った。

「何度も聞いた。卒業したら結婚するんだろう」

「違うわよ、すぐ！　今すぐ結婚するの！」

「エレ、声が大きい。他のお客さまに迷惑だ」

さすがに彼女も気まずそうな顔になり、奥の席のケリーとジャスミンを見て眼を見張った。

「あ……」

「やあ」

今朝、送迎艇《そうげいてい》で一緒になった黒髪の彼女である。

「百万人都市のパーヴァルでまた会うとは奇遇だな。ご結婚おめでとう」

ジャスミンが言うと、彼女の顔はみるみる曇った。

中年のバーテンダーが差し出したグラスを一息で呷《あお》ってしまう。よくない呑み方だ。

ケリーは若いほうのバーテンダーにそっと尋ねた。

「わけありらしいが、知り合いか？」

「……同じ大学なんです」

「きみも学生なのか？」

「はい。夜はここで働かせてもらっています」

必要最低限のことしか答えない若者である。

ケリーは苦笑して、彼女に話しかけた。

「俺はケリー、こっちはジャスミン。そちらは？」

「エレクトラ。彼はジークムント。ねえ、ジーク、あなた知ってたの？」

「何をだ？」

「週末にキースが女の子と会ってたこと」

ジークムントの顔にさすがに驚きが浮かんだ。

「誰と？」

「キースの店のお客だって。アンドレアとかいう子。知ってたの？」

「知るわけがないだろう」

お節介と知りつつ、ジャスミンは口を出した。

「失礼、お嬢さん。話が今一つ理解できないんだが……きみは浮気した彼氏と結婚するのか？」

エレクトラは慌《あわ》てて言ってきた。

「違いますよ！　浮気じゃなくて、その子のほうが熱心なんです。店のお客だからキースは断れなくて……それで、仕方なく食事につきあっただけです」

「昼の？　夜の？」

「……夜のです」

「それならその後は普通酒だ。しかも金曜か土曜の夜だろう」

人はそれを立派なデートと言う。

そのくらいエレクトラにもわかっているはずだが、認めたくないのか、向きになって反論してきた。

「仕方がないでしょう。接客業なんですからお客を無下《むげ》にはできないんです」

「お客といちいちデートする接客業はないと思うが、キースがそう言ったのか。彼女とは食事しただけで疚《やま》しいことはまだ何もしていないと？」

エレクトラは答えない。

ジークムントが気掛かりそうに話しかけた。

「大学は続けるんだろう？」

「……わからない」

「エレ、卒業まであと半年だぞ」

「そうよ。どうせ半年で卒業して結婚するんだもの。それが少し早くなるだけだわ……」

傍目《はため》にも思い詰めている彼女に、ケリーは優しく話しかけた。

「お嬢さん、今朝の便で一緒になって、ここでまた会ったのも何かの縁だ。よかったら話を聞くぜ」

ジャスミンも言った。

「わたしも気になる。今朝見た時はきみとキースはとてもうまくいっているように見えたからな」

「でしょう！」

ほんのり血の上った顔でエレクトラは叫んだ。

「キースは本当にあたしを愛してくれてるんです。あたしだって彼を愛してる。だったら結婚するのが一番自然だって思いません？」

「理屈ではその通りだ」

ジャスミンは真顔で頷いた。

Rika.S

「ただ、もう少し詳しい事情を聞きたい。婚約中で、あと半年で卒業なら、結婚は卒業後でいいだろうに。それまで待てない理由は何だ？」

ケリーも言った。

「結婚はともかく大学をやめるのはどうかと思うぜ。俺の知る限り、大学卒業と中退では就職先に大いに差が出るはずだが、この星では違うのか？」

「いいえ」

答えたのはジークムントだった。

「彼女の希望する仕事には経済学学士が必須です。それに正式に婚約したわけでは……」

エレクトラが「おかわり！」と叫んだ。

ジークムントは躊躇った。今の彼女にこれ以上の酒を呑ませるのは感心できないと思ったからだが、中年のバーテンダーは黙ってもう一杯つくってやり、エレクトラは新しいグラスも一息で空けてしまった。

酔いの回った顔で唇《くちびる》を尖《とが》らせて言う。

「だって、しょうがないじゃない。離れているのは寂しいってキースが言うんだもの。恋人なのに……自分をほったらかしにするのはひどいって……」

ケリーとジャスミンは揃って眼を見張った。

たどたどしい彼女の説明を要約するとこうなる。

エレクトラはパーヴァル大学経済学部の学生で、キースは北区の衣料店で働いている。エレクトラは勉強で、キースは仕事で忙しく、平日は時間が許す時にランチやお茶で会うのがやっとで、恋人同士のデートは主に週末だった。ところが、エレクトラは最近になって土日も短期講習を取ることが増えた。

将来を見据えた時に必要な資格を取るためだが、これにキースが不満を唱えたというのである。

ケリーとジャスミンは疑わしそうに顔を見合わせ、エレクトラに尋ねた。

「そのほったらかしというのは……まさかと思うが、きみが中央座標《セントラル》に講義を受けに行ったことか？」

「週末ごとに予定を入れてたわけじゃないんです。二週に一度はキースと会ってたんですけど……」

彼はそれでは足らないというのである。

恋人なのにこんなに離ればなれでいたのでは全然意味がないと真顔で訴えてきたそうだ。

「そんなに勉強することはない。今すぐ結婚しよう。いっそのこと大学なんか辞めて店を手伝ってくれ。愛しているならできるだろう」

というのがキースの言い分だという。

エレクトラは気づかなかったが、ジークムントの大きな身体が物騒な気配を孕《はら》んでいる。

無表情の陰で、彼は静かに怒っている。

ケリーとジャスミンもエレクトラの気持ちを損なわないよう良識のある大人として振る舞っていたが、思いは同じだ。

「……あー、もしかして彼は『俺と勉強とどっちが大事なんだ？』とか言うタイプかな？」

「……言われました」

「俺を愛しているなら傍《そば》にいてくれって？」

「……それも言われました」


ジャスミンは彼女に見えない角度で顔をしかめ、ケリーはやれやれと肩をすくめて苦笑した。

「時代も変わったな。今はそれを男が言うのか」

ジャスミンがすかさずケリーをからかった。

「おまえは散々言われたくちだろう？」

「昔の話だぜ、女王」

苦笑して言葉を濁《にご》したら、エレクトラが眼の色を変えて熱心に尋ねてきた。

「あなたはそういう時、どうしたんですか。恋人と仕事と、どうしてもどちらか選ばなければならない究極の選択を迫られたとしたら……」

「違うな。二つほど間違ってる。恋人じゃないし、仕事でもなかった。全然究極の選択なんかじゃない。最初から答えはわかりきっていたんだよ」

ケリーは子どもを諭すように説明してやった。

「俺は船乗りだからな、あっちこっちの港に降りて、土地の女と仲良くなったこともあるが、最後は必ず『もう宇宙へは行かないで』と言われる羽目になる。

それを合図にすたこらさっさと逃げ出した」

「どうして？」

とことん据わった眼で彼女はさらに尋ねてくる。

「その人のことが好きなら——本当に好きなら譲る気持ちが大事でしょう。逃げ出すなんて失礼だわ。せめて、それなら一緒に宇宙に行こうって誘うとか——何か譲歩しなかったんですか？」

「それならキースにも同じことが言えるぞ。仕事をやめて、今からでもきみと同じ大学に入ればいい。そうすればいつでも一緒にいられるのに、彼はなぜそうしないんだ？」

「それは現実的じゃありません」

「だったら、きみの言う案も現実的じゃない」

エレクトラはケリーが飛んでいた宇宙を知らない。普通の女性をあそこへ連れて行くということは、死なせるのと同じことだ。

ケリー自身、そんなことは一度も考えなかった。ダイアナが彼の伴侶だったし、たまに温かい肌が欲しくなったらどこかの港に降りればいい。

それで充分、満足していたのだ。

ジャスミンがおもしろそうな顔で追及してくる。

「その女性たちの中に、別れたくないと思った人は本当にいなかったのかな？」

「だから、よせって。あんたも趣味が悪いな、女王。女房の前でする話じゃねえぞ」

「いいじゃないか。わたしが聞きたいんだ」

エレクトラがきょとんとなった。

「にょうぼう？」

「ああ」

「あなたの？」

「ああ」

「どこにいるんです？」

「お嬢さんの目の前」

ジャスミンがにっこり笑って手を振るものだから、エレクトラは仰天《ぎょうてん》して眼を剝《む》いた。

「あなたたち、夫婦なんですか⁉」

「——遅いな。言わないとわからないのか？」

「聞いたってわかりませんよ！」

その点だけはエレクトラに一分の理がある。

ジークムントも軽く眼を見張って驚いているが、さすがに中年のバーテンダーは顔色一つ変えずに、落ち着き払った口調で二人に言った。

「今度は別の酒で何かつくりましょうか？」

「ああ、ぜひ頼む」

エレクトラが負けじと声を張り上げた。

「あたしも！」

「エレ……飲み過ぎだ」

「あなたに迷惑は掛けないわ、ジーク」

怒ったようなぶっきらぼうな口調のエレクトラに代わって、ジャスミンが注文した。

「このお嬢さんに何か口当たりのいいカクテルを」

中年のバーテンダーは注文に応えて、ピンク色のきれいなカクテルを出してくれたが、エレクトラはろくに味わいもしなかった。

一息に空けてしまい、酔った顔に嫌悪を滲《にじ》ませてジャスミンに噛《か》みついた。

「いくら結婚前のことでも、ご主人が複数の女性と——関係してたなんて、あなたはそんなことを笑い話にしてるんですか？」

「笑い話のつもりはないぞ。客観的事実だ」

ジャスミンはあっさり言ったものだ。

「見てくれも中身も夫はすこぶるつきのいい男だ。世の美女たちがこんな男を放っておくはずがない。これを言うとまた怒られそうだが、結婚してからも大もてにもてているからな」

「だから！　あなたはそれで平気なんですか？」

「平気も何も美味《うま》い蜜《みつ》を蓄《たくわ》えた花に蜂《はち》が群がるのは当たり前だろう」

「……せめて蝶《ちょう》と言って欲しいんだがな」

文句を言いながら、ケリーはくつくつ笑っている。

エレクトラは完全に矛先《ほこさき》をジャスミンに向けて、さらに弾劾した。

「ごまかさないで！　あなたは本当に平気なのかと訊いているんです。わたしだったら、キースが他の子となんて……考えるのもいやです。絶対許せない。しかも——結婚してるのに」

「当然だな。夫婦には相手に対する貞操義務がある。恋人同士であってもだ、それは最大の裏切りだろう。きみが許せないと感じる気持ちは至極もっともだが、わたしの場合は気にしても始まらないし、いちいち目くじらを立てるのも馬鹿馬鹿しい」

「だってそんな……割り切れるものなんですか？　ご主人を愛しているんでしょう。それとも、本当はいやなのに——我慢してるんですか？」

「わたしはそんな我慢はしたことがないぞ。端的に言うならきみが恋人に求めているものと、わたしが配偶者に求めているものとはまったく別なのさ」

「そんなの嘘《うそ》です。ご主人を本当に愛しているなら——ご主人の浮気が平気な奥さんなんていないわ」

世間一般常識で言うなら彼女の言い分が正しい。

問題は、自分たちはどう贔屓目《ひいきめ》に見ても一般的な夫婦の範疇《はんちゅう》には入っていないということだ。

それをエレクトラに理解させるのは無理だろうし、そんな労力を使うつもりもない。

肩をすくめて苦笑したジャスミンにエレクトラは挑戦的な眼を向けた。

「否定しないんですか？　じゃあやっぱりあなたはご主人を愛してないんだわ」

「それはきみが決めることじゃない」

ジャスミンの笑みがますます深くなったのに気がついたかどうか、ジャスミンが挑発に乗らないので、エレクトラは今度はケリーに食ってかかった。

「奥さまがいるのに他の女性と浮気するなんて最低。奥さまに申し訳ないと思わないんですか」

「と言われてもなあ、俺は女房のお眼鏡にかなった相手としか関係したことはないぜ」

これまた紛《まぎ》れもない事実だったが、エレクトラは挑戦状を叩きつけられたと受け取ったようだ。

今の彼女がかなり酔っていたのもまずかった。

昂然《こうぜん》と頭を上げると、席を移動し、ケリーの隣の止まり木に座って、ケリーに密着するようにわざと身体を寄せてきたのである。

「それじゃあ、あたしもご主人を借りることにする。問題はないでしょう。奥さまはご主人が浮気してもちっとも気にしないんだから」

残念ながらジャスミン相手ではここまでやっても喧嘩《けんか》を売ったことにはならない。その事実を彼女は知らなかった。型破りな人妻は笑いを噛み殺しつつ、真面目に言い返した。

「いいや、問題大ありだ。それはわたしの夫だから、貸すか貸さないかを決める権限はわたしにある」

「ご主人の意思を無視するんですか？」

「夫の意思はわかっている。きみのようなお嬢さん――しかも正常な判断力を失っている世間知らずのお嬢さんを相手にするほど趣味が悪くもなければ、不自由もしていない。そしてわたしも、今のきみに大事な夫を貸す気にはなれない」

ケリーも笑って言った。

「何だ。あっさりレンタルされるのかと思ったぜ」

酔っぱらいの頭でもこの夫婦が普通と違うことは何となく呑み込めたのか、エレクトラは急に表情を消した。妙に平坦な声で尋ねてきた。

「――どうして結婚したんです？」

「そりゃあ、したかったからさ」

とジャスミンは言った。

「誰でもいいわけじゃないぞ。どうしてもこの男と結婚したかったんだ」

「ご主人も？」

「いやあ、俺は結婚したくなくて散々逃げ回ったな。――結局、捕まったがね」

言葉はともかく口調を聞けば立派なのろけなのに、今の彼女にはそれすら通じなかった。まずいことに、この二人が互いを好きでもないのに渋々結婚したと思い込んでしまったようだった。

「無責任ね。生まれた子どもがどんな思いをするか考えなかったんですか?」

二人は無言でエレクトラを見た。

エレクトラは暗い顔でカウンターを見つめている。

「愛情のない両親から生まれるなんて――不幸だわ。子どもは親を選べないのに……」

「お嬢さん。夫婦のことは他人にはわからんもんさ。たとえそれが実の子どもでもな」

「そうとも。わたしはちゃんと夫が好きだし、夫もわたしが好きなんだぞ」

「それじゃあ教えてください。どのくらいご主人が好きなんですか?」

子どもっぽい尋ね方だが、口調は真剣そのものだ。

ジャスミンは彼女をなだめるように微笑した。

「それはこんなところで言うことじゃないな。夫がわかっていればいいことだ。――それを言うなら、きみはキースのどこがそんなに好きなんだ?」

エレクトラの顔が輝いた。熱心に言ってきた。


「彼はすごく優しくて、あたしを大事にしてくれて、会えばいつも『愛してる、今日もきれいだよ』って言ってくれて、キスして抱きしめてくれるんです」

ジークムントが顔をしかめている。

ジャスミンはそれに気づいていたが、敢《あ》えて彼を見ようとはせず、エレクトラに頷いてみせた。

「愛情表現の豊かな彼なんだな」

「そうです! すごく大事なことだと思いません? そういうことはやっぱりちゃんと言ってくれないと、愛されているって実感できないでしょ」

「いや、わたしは夫に愛していると言われたことは一度もないが……」

「何ですって⁉」

エレクトラの声が跳ね上がった。殺気すら感じる凄《すさ》まじい目つきでケリーを睨《にら》みつけた。

「一度も言ったことがない? 夫の義務でしょう! あなたやっぱり奥さまを愛してないんですか⁉」

決めつけられたケリーは苦笑するしかない。

慌てて彼女をなだめたのはジャスミンのほうだ。
「待て待て。わたしも一度も言ったことがないから
お互いさまだと言いたかったんだ」
「信じられない！」
エレクトラは絶望的な声を張り上げた。
「好きならどうして言わないいんですか⁉　ご主人を
愛してないいんですか？」
珍しい動物を見るような眼で怒れるエレクトラを
観察して、ジャスミンは指摘した。
「きみはずいぶん愛情表現にこだわるんだな」
「当然でしょう。大事なことは口にして言わないと
伝わらないいんですから。――黙っていても気持ちが
通じるなんて、ただの怠慢です」
「それは否定しない。大事なことは相手にはっきり
言葉で伝える必要があるのはわかっている。しかし、
『愛している』の大安売りも感心しない」
「…………」
「キースは本当にきみを愛しているのかな？」
エレクトラの顔に怒りが広がった。
「……どういう意味ですか？」
「たった二週間デートができないだけで、ずいぶん
大騒ぎをする彼氏のようだからさ」
「当然でしょう。彼はあたしを愛してるんだから」
「婚約者とのデートがほんの一週間延びるのも我慢
できないくらいにか？」
「いけませんか？」
「いいや、そこまでなら理解できる。同情もできる。
だが、いつもの週末に会えないだけで寂しいからと
他の女性を誘い、あまつさえ、自分がその寂しさに
耐えられないから大学を辞めて結婚してくれと言う。
きみの将来など一欠片《ひとかけら》も考えていない。今の自分の
生活が満たされることしか頭にない。それが愛する
女性に対する男の態度なのか？」
エレクトラは嘲《あざけ》るような口調で言った。
「――あなたは恋をしたことがないんだわ」
「そうだな。今のきみがキースとやっているような、

毎日毎日べったりくっついていないと満足できない鬱陶《うっとう》しい恋愛ごっこはしたことがない」

「それが恋ってものでしょう！」

ジャスミンは相手にせず、中年のバーテンダーに注文した。

「この星の酒じゃないが、ブラスタを。彼女にも」

ケリーも言った。

「俺にも頼む」

寡黙《かもく》なバーテンダーは手早くショートカクテルを三つつくってカウンターに並べたのである。

その一つを取ってケリーは言った。

「浮気するしないに拘わらず、男が時々よその女と女房を見比べるのは普通にあると思うぜ」

ジャスミンがおもむろに頷いた。

「そうとも。男には種蒔《ま》き本能があるからな」

ジークムントとエレクトラが揃ってぎょっとする。

ケリーは笑ってジャスミンをたしなめた。

「先走りするなよ。浮気するしないに拘わらずって言ってるだろうが。とにかく、そういう時の男の反応は二つに分かれる。よその女と見比べて、自分の女房のほうがいいってあらためて再認識する男と、女房をすっかり忘れて新しい女に夢中になる男だ」

「…………」

「キースがお嬢さんを愛してるのは本当だと思うぜ。ただ、キースみたいな男は自分の目の前にいる女が好きなんだ。だから平日はお嬢さんを愛していても週末はアンドレアを愛してる。アンドレア一人ならまだしも他にも何人かいるんじゃないか？」

エレクトラはショートカクテルをまた一息に喉に流し込んで、ケリーを睨みつけた。

「それじゃああなたは他の女性たちを見て奥さんの良さを再認識するわけ？　この奥さんのどこが他の人に比べてそんなにいいのかしら？」

「そいつは比べようがないな。なぜならこんな女は共和宇宙中捜しても他に一人もいないからだ」

当のジャスミンが声を立てて笑った。

「褒《ほ》め言葉と思っていいのかな、海賊？」

「違う。単なる客観的事実だ」

エレクトラは性懲《しょうこ》りもなく何か言おうとしたが、急にばったりとカウンターに突っ伏した。

ジークムントが顔色を変えて身を乗り出したが、彼女はすやすや寝息を立てている。

ジャスミンがのんびりと言った。

「あれだけ呑んだ後にブラスタを一気に流し込めば立派な睡眠薬代わりになる」

「それも無害のな。しばらく寝かせとけよ」

二人ともそんな物騒な一杯を平然と呑み干して、ジークムントに問いかけた。

「キースはきみの眼から見てどんな男だ？」

言いたいことは恐らく山ほどあったのだろうが、多くを語らない青年が口にしたのは一言だけだ。

「エレクトラにはふさわしくない男です……」

「その点は俺も同感だ。なんでそんなろくでなしを相手に選んだんだ？」

ジャスミンも不思議そうに首を捻っている。

「彼女は本来、頭のいい子だと思うんだがなあ……男のことになると馬鹿になるのかな？」

「そういうタイプもいるが、ちょっと違うぜ。今の彼氏に満足してないのは見りゃあわかる」

「だから眼に見える表現を信じたがってるのかもな。──ジーク、きみが連れて帰ったらどうだ？」

「いえ、俺は仕事中ですから。彼女の身内に迎えに来てもらいます」

ジークムントはエレクトラが店に現れた時点で、既に連絡を取っていたらしい。

やがて扉を開けて入って来たのは、エレクトラとほとんど歳の違わないような若い男だった。

カウンターに突っ伏しているエレクトラを見て、困ったように二人のバーテンダーに頭を下げる。

「すまない、ジーク。マスターも申し訳ありません。妹がご迷惑を掛けました」

似ていない兄妹だった。妹は黒髪に黒い瞳、兄は暗がりでも眩《まぶ》しい金髪で眼の色も薄く、肌も白い。

「エレ、起きろよ。帰るぞ」

妹の肩を揺すっても反応はない。

中年のバーテンダーがジークムントに言った。

「お客さまをタクシーまで送ってさしあげなさい」

エレクトラの兄が慌てて言う。

「いえ、それはぼくの役目です」

横からジャスミンとケリーが口を出した。

「一人では無理だ。手伝ってもらったほうがいい」

「そうしろよ。酔い潰《つぶ》れた女の子は重たいぞ」

エレクトラの兄は怪訝《けげん》な顔で二人を見た。

中年のバーテンダーが厳《いか》つい顔とは裏腹の優しい口調で言う。

「この人たちが妹さんを引き留めておいてくれたんですよ」

「俺たちというより女房がだ」

「パーヴァルは治安のいい街だが、もう夜も遅い。こんなに酔った若いお嬢さんを一人で帰らせるのはさすがにまずいと思ったんでな」

「悪い酒じゃない。一晩寝ればきれいに抜けるぜ」

全然気づいていなかったジークムントが眼を丸くして二人を見た。エレクトラの兄も驚いて、二人に頭を下げてきた。

「それは——ありがとうございました」

「いいや、楽しかったぜ」

エレクトラはぐっすり眠ってしまっている。

意識のない女性一人を抱えていくのは確かに骨の折れる作業だった。彼女の兄はジークムントの手を借りて、やっとのことで妹を立たせ、何とか店から連れ出した。

ジークムントもエレクトラを支えながらケリーとジャスミンに眼で会釈してきた。

その際、口数こそ少ないが、壊れ物を扱うような手つきでエレクトラに触れる態度や表情を見れば、彼が彼女にどんな感情を抱いているのか、わざわざ言葉にして言われるまでもない。

三人が店を出た後、ケリーは低く笑った。

「いいねえ、若いってのは……」

青春してるぜ——と呟くケリーに、ジャスミンが悪戯《いたずら》っぽく笑って言った。

「わたしたちは今が青春だろう？」

「違いない」

型破りな夫婦はまた新たな一杯をつくってもらい、軽くグラスを掲げて乾杯した。

5

翌日、二人は迎えの車で東区へ向かった。

大臣が寄越した迎えの車は黒塗りのリムジンでも高級車でもなく、簡素な乗用車だった。

二人はホテルをチェックアウトし、荷物を持って車に乗り込んだ。東区に入った車は検問所を簡単な確認だけで通過して、政府庁舎前に到着した。

近くで見ると、思った通り立派な高層建築だが、『超』がつくほどではない。

十二、三階建てくらいの高さである。

入口には警備の人間もいなければ、整備システムらしきものもなかった。誰でも入れる構えである。

一国の政府庁舎がこんな無防備でいいのかと思いながら二人が玄関を入ると、若い男が近づいて声を掛けてきた。

「クーアご夫妻でしょうか？」

「はい」

「どうぞこちらへ。大臣がお待ちです」

二人とも素直について行き、昇降機に乗った。

昇降機の階数ボタンは12まであった。

三人は十階で下り、ケリーとジャスミンは立派な応接室に通された。

室内には既にバックマンが待っていた。

一国の大臣としては型破りな行動である。しかも二人を見ると、手を取らんばかりにして出迎えた。

「お二人ともよくいらしてくださいました。手配の宿はいかがでしたか？　もっと上等のホテルを取ることもできたのですが、何分、目立ってはいけないと思いまして……」

それを言うなら外務大臣が宿の手配をする時点で既に目立っている。

「充分ですよ。ありがとうございました」

秘書らしき女性がお茶を運んできた。

昨日の寺院で供された薬草茶ではない。

普通の紅茶である。

女性は茶器を並べて静かに退出していき、室内は三人だけになった。丁寧《ていねい》に淹《い》れた香りの高いお茶を味わって、ケリーが話を切り出した。

「事情はお聞きになりましたか？」

「はい。首相からあらかたのことは伺《うかが》いました」

バックマンの表情は硬い。

普通なら、こんな大事《だいじ》を大臣の自分に黙って――もしくは差し置いて民間人に話すとは何事かと腹を立てるところだが、彼は事態の深刻さを噛《か》み締めているようだった。

「まさか海賊の狙いがそのような薬物とは思ってもみませんでした。藍王木《らんおうぼく》と白籠岩《はくろうがん》ならわたしもよく知っていますが……未《いま》だに信じられません」

ジャスミンが尋ねた。

「それでも羅合《らごう》の実物は入手できませんか？」

バックマンは虚《きょ》を衝《つ》かれた顔で首を振った。

「ミズ・クーア。僧院が門外不出と――外部に持ち出せないと言う以上、それは不可能です」

「政府のお力を持ってしても？」

「そうです。あそこは――僧院は、我が国の行政の及ぶ場所ではありません」

これが一国の大臣の発言だというのだから驚くが、現実には宗教絡《がら》みでこうしたことはしばしば起こる。

宗教が多数の国民に支持されている以上、政府といえども迂闊《うかつ》なことはできないのだ。

本来ならこんな時こそ連邦情報局の出番なのに、既に白旗を掲げた状態とは情けない限りである。

顔には出さずに二人がそんな不満を感じていると、バックマンが怪訝《けげん》な口調で言ってきた。

「しかし、問題になっているのはパーフェクションとかいう薬でしょう。羅合を提供してもらうことに何の意味があるのです？」

これには二人とも絶句した。まさか大臣の口からこんな言葉が飛び出すとは思わなかったからだ。

ケリーは疑わしげに問いかけたのである。

「失礼ですが……その薬物は羅合と極めてよく似た性質を持っているということは……？」

「はい。首相から伺いましたが？」

ここまで言っても彼はまだ怪訝そうな顔だ。

啞然《あぜん》としながら、ケリーはなるべく言葉を選んで、しかしはっきりと指摘した。

「好ましくない可能性なのはわかりますが、羅合の製法を知っている僧侶の誰かがパーフェクションの製造に関わった疑いは捨てきれないと思いますが」

今度はバックマンが眼を見張る番だった。

「いいえ、それはあり得ません」

「パーフェクションの製造に関わった僧侶はいない、羅合の製法も外部に洩《も》らしてはいない。僧院がそう明言しているからですか？」

「おっしゃるとおりです」

「お言葉ですが、その言質《げんち》は国際法上は何の効力もありません」

「トゥルークでは何より有効です。我が国の僧侶は戒律によって嘘《うそ》は言えないのですから」

政治上の建前で言っているようには見えなかった。

それこそが大問題だと思いながらケリーはさらに質問した。

「では、トゥルーク政府は、僧院を捜査することは現時点ではお考えでない？」

バックマンはのけぞった。

「現時点も何も——そのようなことができるはずがありません！」

すかさずジャスミンがたたみ掛けた。

「それは大臣、あなた個人の私見ですか、それともトゥルーク政府の総意ですか？」

バックマンは今度こそ非常な驚きをもって大きな夫婦を見つめたのである。

「あなた方は——本気ですか？」

「それはこちらがお尋ねしたいくらいです」

三人は軽い疲労感すら覚えて、揃《そろ》って嘆息《たんそく》した。

互いに常識と信じていることがまったく通じない。

そこからくる精神的な疲労だったが、巨大財閥の総帥《そうすい》だった二人はこれまでも価値観や常識の異なる相手と数え切れないほど接してきた。

そんな時にこちらの常識を一方的に押しつけても何ら利はなく、互いに折り合い、妥協できる条件をまとめるのが大事であることも知っていた。

ケリーは言った。

「大臣。我々はトゥルークのやり方を批判する気はありません。トゥルーク政府は僧院には介入不可の姿勢を貫く、それはそれで結構です。ただ、問題は、先程も言いましたが、国際社会はそうは考えないということです」

「……わかっております」

バックマンは緊張の面持ちで頷《うなず》いた。

「我が国特有の産物が使われていると知った時点で、大変なことになったと思っておりました。我が国の人間がその薬の製造・販売に関与している可能性はそれこそ否定できません」

それを懸念《けねん》する推察力がこの人にあったことに、二人ともちょっと安堵《あんど》した。

それでも僧院が関わっている可能性は考えない。最初から眼中にない。そんなことは彼にとってあり得ないことだからだ。

「だからこそ、わたしどもとしてはその薬物に自国民が関与していないことを立証したいのです。いえ——何としても立証しなくてはなりません」

ジャスミンが控えめに指摘した。

「しかし、大臣。トゥルーク特産の原料が使われている以上、こちらの国民が関わっていることはほぼ間違いないのではないかと思われますが……」

すると、大臣はきっぱりと否定した。

「いえ、わたしは逆にそれこそが無関係の根拠だと思うのです。何百年も前から我が国で使われていたものですから、トゥルーク人がパーフェクションをつくるのなら、とうの昔にできていたはずです」

「一理ありますね」

頷いたジャスミンにケリーが言った。

「一理どころかかなりの理があるぜ。ただ、連邦と国交が回復した後、それまでなかった中央の技術が一気にトゥルークに入って来たはずだ。その結果、製造可能になった可能性は否定できない」

大臣も重々しく頷いた。

「わかります。わたしもそれを懸念しておりますが、それでも自国民である可能性は低いと思うのです。わたしの希望でそう思いたいだけかもしれませんが、製造だけならまだしも、中央政財界の要人に密かに売りつけるような真似は、我が国の国民には無理ではないかと思うのです」

説得力のある言い分だ。さらに意外にも、大臣は自説の問題点もわかっていた。

「無論これは希望的観測に過ぎません。最悪の場合、自国民を逮捕する事態になる恐れがあることは充分理解しております。ですから、何としても我が国が無関係であることを証明しなくてはなりません」

ケリーも真顔で頷いた。

「その思いは連邦も同じはずです。ただし、証明のための手段は違う。共和宇宙連邦は共和宇宙の平和と安寧のために存在するものです。このままパーフェクションの被害が広がっていき、その事実が国際社会に知れ渡ることになったら、連邦は国際犯罪を扱う連邦警察を使い、強制捜査の名目で僧院に乗り込まざるを得なくなります」

バックマンは震え上がった。顔色を変え、語気を強めて言ってきた。

「とんでもない！　そんなことになったら、連邦が僧院の強制捜査などに踏み切ったら、民衆の反発は避けられません。最悪の場合、我が国の連邦からの離脱という事態を招く恐れすらあるのですぞ」

「そうです。あなた方も連邦もそんなことは望んでいない。むしろそれだけは避けたいと思っている。

だから一世も俺たちに話を持ちかけたんでしょう。この際、薬の製造過程や販売経路を明らかにするのは後回しでいい。それよりも迅速《じんそく》に大本を絶つことが肝心《かんじん》だとね」

バックマンは勢いよく頷いた。

「そうです。それこそが我々の望む解決方法です」

外から「失礼します」と声が掛かり、扉が開いて、男性が入って来た。

バックマンが急いで立ち上がり、二人をその人に紹介した。

「首相。こちらがクーアご夫妻です」

ケリーとジャスミンも同じく立ち上がりながら、ここはつくづく変わった国だと考えていた。

通常、国家元首は大臣と客が会談している場所に自分からやって来たりはしないものだからだ。

後で引き合わされるのだろうとは思っていたが、バックマンが自分たちを首相の下まで案内するのが定石なのに、国民の大らかさは首相も同じらしい。

若い首相である。まだ四十代に見えた。背が高く、顔立ちに品があり、上等の背広がよく似合っている。

なかなかの美男子だが、波打つ黒い髪はきれいに梳《くしけず》られているものの、肩に掛かるほど長い。

ケリーとジャスミンが今までに会った国家元首は百人をくだらないが、長髪の首相とは珍しい。

その人は穏やかな微笑を浮かべて言った。

「お会いできて嬉《うれ》しく思います。ミスタ・クーア、ミズ・クーア。レミンスター・シノークです」

二人はちょっと眼を見張った。

「シノーク？」

「ミズ・エルヴァリータ・シノークとは……？」

「はい。わたしは従兄《いとこ》にあたります」

首相も加わって四人が座ると、秘書がまた新たなお茶を運んできた。

ゆっくりとお茶を味わって、首相が言う。

「今回のことは従妹《いとこ》から聞きました。驚きましたが、お二方にはお世話になります」

本当に事態がわかっているのだろうかと疑うほどあっさりした態度だったが、この際はありがたい。

ケリーは言った。

「俺もそのことでお願いしようと思っていたことがあります」

「我々にできることなら何なりと承《うけたまわ》りましょう」

「では、教えてください。藍王木と白籠岩を積んだ貨物船は次にいつ出航しますか？」

首相と大臣が戸惑ったように顔を見合わせた。

「それをお尋ねになってどうなさるおつもりで？」

「海賊船を拿捕《だほ》します」

「えっ？」

「どう考えても、それが一番手っ取り早いのでね。経緯を見る限り、どの船がその荷物を積んでいるか、海賊に筒抜けになっていると考えるべきです。原料ばかりを狙う以上、カトラス星系に出没する海賊がパーフェクションに関わっているのは間違いない。それなら海賊を捕まえて直に話を聞けばいい」

バックマンが慌《あわ》てて言ってきた。

「しかし、それは連邦軍の領分では？」

「軍の邪魔をするつもりはありませんが、宇宙なら俺の専門です」

ケリーは悪戯《いたずら》っぽい口調で言った。

「俺としては囮《おとり》を出して欲しいくらいなんですが、さすがにそれはお願いできませんからね。俺の船を貨物船に仕立ててあげたいところですが、悲しいかな、少しばかり小さすぎる」

バックマンと首相が再び顔を見合わせる。

閣僚たちの間にどんな思惑があるのかと思ったら、首相が慎重な口調で告げてきた。

「実は今、政府内で藍王木と白籠岩を輸出品目から外す検討がされているのです」

海賊の狙いが判明した以上、被害を防ぐためには最善の処置だが、ケリーとしてはありがたくない。

「検討中ということは、今はまだ輸出禁止品目には指定されていないわけですね？」

「はい。現在は一時的に輸出を止めています」

ケリーとジャスミンは意図的に眉《まゆ》を顰《ひそ》めた。

それはいささか、まずかったのではないかという感想を示したのだ。

海賊の狙いにトゥルーク側が気づいたと、海賊に教える結果になるからだが、首相は首を振った。

「海賊被害が頻発《ひんぱつ》したため、しばらく様子を見るという名目で、すべての貨物船の出航を止めています。海賊に気づかれてはいないはずです」

「なるほど。ですが、いつまでも、積み荷を積んだ船を待機させてはおけないでしょうに」

「はい。もうじき連邦軍の護衛艦隊が到着するので、それを機に輸出再開——ただし、藍王木と白籠岩は積荷から外すことを検討していました」

「部隊はいつ到着するんです？」

「恐らく、今日明日中には」

「では、到着次第、輸出を再開してください。無論、問題の二品目を積んだままで」

首相は躊躇《ためら》う表情になったが、ケリーはすかさず釘を刺すように言ったのである。

「その積荷をおろしてしまったら海賊が出てこない可能性があります。何度も言いますが、海賊連中は積荷の中身を知ってるんです。恐らく現場の人間を抱き込んで連絡係をさせているんでしょう。それが誰かを特定するのは現実的に無理があるはずです」

積荷の積載に関わる人間は何百人といるのだ。

記録を書き換えて、実際には積んでいない荷物を積んだと見せかける手もあるが、これも難しい。

大臣が不安そうに言う。

「しかし、それでまた船が襲われたら……」

「わかります。が、今の優先事項はそれじゃない。積荷が無事に届くことと、海賊をおびき出すこと、平常時ならもちろん前者を優先すべきですが、今は敢《あ》えて後者を選択していただきたい」

きっぱりとケリーは言った。

「第一、連邦軍が護衛につく以上、貨物船が実際に被害に遭《あ》うことはないはずです」
今度は首相が気掛かりそうな顔で頷いた。
「我々もその点については安堵しておりますが……
では、あなたはどうなります？」
「連邦軍の邪魔はしません。彼らが海賊を拿捕して
くれるなら、それに越したことはない。俺は後方で
待機します。ただし、万一に備えて狙われる恐れの
ある船が今どこを飛んでいるのか、正確に把握《はあく》する
必要があります」
「わかりました」
首相が頷いて大臣に眼をやった。
バックマンは頷きを返して、立ち上がって部屋を
出て行った。
三人だけになった後、首相が言った。
「サリース・ゴオランがわたしの従妹とその夫君の
僧籍回復を主張していることはご存じですか？」
「いいえ。初耳です」
大問題になっているとは聞いていたが、そこまで
具体的な話になっているとは知らなかった。
それ以上に、首相までこの話題を出してくるのが
意外だったが、この人はエルヴァリータの従兄だ。
気掛かりなのも頷けるが、ケリーは当然の疑問を
投げたのである。
「しかし、僧籍回復と言いますが——それは僧侶に
戻るということでしょう？」
ジャスミンも言った。
「お二人が還俗《げんぞく》したのは二十三年も前と聞きました。
既に新しい生活を築かれているはずです。ご夫妻は
本当にそれを望んでいるんですか？」
「いいえ、従妹もご夫君も望んではおられません」
従妹相手に敬語で話す首相も珍しい。
それ以前に本人たちが望んでいないのに、他人が
その権利を訴える意味がわからない。
ケリーとジャスミンの疑問に気づいて、シノーク
首相は小さく嘆息した。
「サリース・ゴオランが訴えているのは——いわば

二人の名誉回復なのです」

　大型夫妻はますます首を捻《ひね》ったのである。

「この国では還俗する僧侶も多いと聞きましたが、還俗は不名誉なことなんですか？」

「滅相もない。そんなことを言ったらトゥルークの半数近くの人間が不名誉を着ていることになります。——ただ、お二人の場合は……」

「位《くらい》が高すぎた？」

「はい」

「それならミズ・シノークの秘書はどうなります？　彼女も顔に刺青《しせい》を入れた人でしょう」

「あの人の場合は事情が違います。あの人は従妹に心酔していましたので……従妹を慕《した》い、従妹の後を追って僧院を去ったのです。本人が望みさえすれば、いつでも僧籍に戻れる立場にあります」

「ロムリスご夫妻は違う？」

「……………」

「お二人は戻りたくても戻れない。それはお二人が僧籍を剝奪《はくだつ》されて僧院を追放されたからですか？」

「違います」

　首相は顔を上げて、きっぱりと言った。

「異例のことではありますが、ヴィルジニエ僧院の大師は二人の意思を認め、還俗を許しました」

「他の僧院は？」

　沈黙した首相の重苦しい顔を見れば答えは自ずと明らかだ。

「僧院の間で意見が割れたわけですね？」

　どうしてそんなことになったのかと暗黙に尋ねるケリーとジャスミンに、首相は苦い息を吐いた。

「トゥルークの僧侶の戒律の一つに『嘘を言ってはならない』というものがあります。どのような嘘を吐いたかにもよりますが、この戒律を破った僧侶は——僧でいる資格を失います」

「つまり、お二人が嘘を吐いたと？」

「……そのように決めつけたわけではありませんが、他の僧院の方々はそう感じられたのでしょう」

歯切れが悪いのは繊細《デリケート》な問題だからだろう。

ケリーは敢えて話を逸《そ》らした。

「首相はサリース・ゴオランとは親しいのですか」

「はい。あの方はわたしの師でした。昔のわたしはゼクス・ルシエンという名で修行していたのです」

元首が僧侶出身では僧院に疑いを向けることすらできないわけだ。

ジャスミンがずばりと切り込んだ。

「ご夫妻が結婚した時は相当な騒ぎだったと、昨日、ルテラス・オージェンから伺いました。首相はその時の騒ぎをご存じなんですか？」

「はい。わたしもその場におりましたから」

「その場？」

「マリス・ゴラーナ——当時の従妹と、クレイス・ゴオランが還俗すると言い出された現場にです」

二人は無言で話の続きを催促《さいそく》した。

「同じ僧院でも僧侶と女僧の修行の場は違いますが、週に一度、日の出とともに全員が本堂に集《つど》い、神の教えについて問答を行います。中央の上座に大師が座し、そこから僧位の順に席次が決められています。ルテラス・オージェンも、当時はギルデンでしたが、わたしの上座にいらっしゃいました」

僧と女僧は本来なら中央に座した大師を挟んで、そこに見えない結界があると仮定して向き合うのが正しい作法だが、女僧の数は圧倒的に少ないので、必然的に結界線も変則的なものになる。

マリス・ゴラーナは大師のすぐ傍《そば》に、クレイス・ゴオランも大師から五番目の席次にいた。

斜向《はすむ》かいではあるが、互いの顔がはっきり見える位置だったという。

一方、ゼクス・ルシエンたち下位の僧侶は大師を正面から見る位置に離れて座っていた。ルシエンは三十二階中、二十四位である。多少距離はあったが、正面に座る大師の姿も、向き合って座る高僧たちの横顔も詳細に見て取れた。

これから彼らの前で高僧による問答が行われる。

下位の僧侶はそれを拝聴するのが修行だったが、その状態で唐突《とうとつ》にマリス・ゴラーナが言ったのだ。

「クレイス・ゴオランにお話があります」

「わたしもです。マリス・ゴラーナ」

この時、本堂には三百人を超える僧侶がいたが、全員、何が始まったのかわからなかった。

問答にしては様子がおかしい。二人の表情も声も恐ろしく硬い。緊張から来るものなのか恐怖なのか、クレイス・ゴオランは強張《こわば》った声で言った。

「昨夜、わたしは天啓を受けました」

頷くマリス・ゴラーナの表情も強張っている。

「それはあなたのお顔を見た瞬間にわかりました。わたしと同じ啓示を受けられたのだと……」

マリス・ゴラーナは美しい人だった。年嵩《としかさ》の僧が『総本山に咲いた至高の花』と茶化して言うほどだ。

顔の刺青が花のような美しさをさらに際だたせているのだが、その顔が今は真っ青だ。

「——あなたのお顔を見るまでは、このことは口にするまいと思っていました。わたしへの——わたし一人への啓示ならばどのような試練であっても神のご意思に従います。ですが、これは……これだけは、あまりにも……」

「同じです」

クレイス・ゴオランも端整な顔に苦悩を浮かべて戦慄《わなな》きながら頷いた。この人も女性信者が見惚《みほ》れるほど立派な若者だが、今は激しい緊張に大きく胸を波打たせている。

「わたしもあなたとまったく同じことを考えました。これはわたし一人の問題ではすまないと。あなたを巻き込むことはできないと。しかし……」

言葉を並べながらも、二人の中では何かの意思が定まりつつあったらしい。

先に思い切って頭を上げたのは女僧のほうだ。

「二人ともに同じ啓示を受けたのです。それこそが大いなる闇《やみ》のご意思なのでしょう」

居住まいを正して、両手を膝《ひざ》に置き、相手の顔をひたと見据えながらマリス・ゴラーナは言った。

「クレイス・ゴオランにお願い致します」

「いや、お待ちください。マリス・ゴラーナ」

それを押し止めて、クレイス・ゴオランは同じく姿勢を正して、はっきりと言ったのだ。

「俗世では男から申し出るものとされていますので、わたしから言うのが筋でしょう。エルヴァリータ・マリス・ゴラーナにお願い致します。——還俗して、わたしと結婚してくださいませんか」

本堂は凍り付いたような静寂《せいじゃく》に包まれた。

年こそ若いが、彼はゴオランという地位にある。既に多くの僧を教え導く立場なのだ。その中でも一番弟子であるサリース・サリザンが驚倒している。ルテラス・ギルデンも他の弟子たちもだ。悲鳴を上げなかったのは日頃の修練の賜《たまもの》などではない。あまりのことに舌《した》の機能を奪われただけだ。

それなのにマリス・ゴラーナの優しくも鋭い声が容赦《ようしゃ》のない追い討ちを掛ける。

「わたしも同じことをダレスティーヤ・クレイス・ゴオランにお願い致します。——わたしとの結婚を承諾《しょうだく》していただけますでしょうか」

当時のレミンスター・ゼクス・ルシエンは度肝《どぎも》を抜かれていた。

従妹は自分より年下だが、神童女《しんどうにょ》と呼ばれるほど優秀な女僧だ。二十歳でゴラーナの位についた人は他に例を見ない。シノーク家の誉《ほま》れでもある従妹がよりにもよって同じ高僧に『結婚』を迫っている。

異性に触れてはならないという戒律を厳しく守るトゥルークの総本山で、早朝の問答の時間にこんなやりとりが堂々と取り交わされたのだ。三百人もの僧侶が生きた彫像《ちょうぞう》と化したのも無理はなかった。

誰もぴくりとも動けなかった。

それは上座の大師ですら例外ではない。歳老いた顔に驚愕《きょうがく》の表情を貼り付けて硬直している。

だが、総本山を率いる指導者はさすがだった。

一つ大きな息を吐き、やれやれと肩をほぐすと、やんわりと若い二人に言い諭《さと》したのである。

「お二人とも。申し込むばかりではいけませんぞ。了承するなら返事を致しませんと」

二人ともその言葉を言うだけで精一杯で、気力を使い果たしていたらしい。指摘されてやっと返事がまだだったと気づいたようで、珍しくも少し慌てた顔になった。

「お受け致します」

マリス・ゴラーナが合掌《がっしょう》して言えば、クレイス・ゴオランも同様にして深く頭を下げた。

「承諾致します」

それから二人は立ち上がり、大師の前にきちんと並んで座って言ったのである。

「お許しいただけますでしょうか、大師」

前代未聞の珍事だ。認められるはずがない。

僧侶全員が大師の一喝《いっかつ》を無意識に切望していたが、大師は二人を見つめて、しっかりと頷いたのだ。

「それが大いなる闇のご意思であるならば、喜んであなた方を祝福しましょう」

シノーク首相は深い息を吐いた。

「それからのことは——まるで悪夢のようでした。ゴオランとゴラーナが還俗する——そればかりか、その相手と結婚をする。他の本山に報告したところ、わたしのような下位の者には事情はわかりませんが、かなりの非難を受けたようです。僧院内でも大変な騒ぎになりました。サリース・サリザンは泣き崩れ、ウリル・サザールはゴラーナが還俗するなら自分も還俗すると言って聞かず、それが今の従妹の秘書のミズ・ブレメルですが、ヴィルジニエ僧院始まって以来の騒ぎであったと思います。それでもお二人は自らの意思を貫き通しました。他の本山から代表がいらして釈明を求めた時も、天啓によって還俗し、結婚すると堂々と述べられたそうです」

ジャスミンは呆気《あっけ》に取られて言った。

「いやはや、求婚の仕方など人それぞれでしょうが、変わってますなあ」

あんたが言うな――と胸の内で呟《つぶや》いて、ケリーは首相に確認した。

「つまり、二人が受けた啓示というのは？」

「『この者と結婚せよ』というものだったのです」

ルテラス・オージェンが口にできないわけだ。

異性に触れてはならないという戒律に真っ向から反している。

「今の戒律と矛盾《むじゅん》していますが、ここの神さまはそういうことを言う神さまなんですか？」

「はい。まさにそれが問題になったのです。本当に天啓であったのかと。実際には二人が申し合わせて――嘘を吐いたのではないかと……」

「若い男女の僧侶が恋に落ち、円満に僧侶を辞めて一緒になるための口実として『神のお告げ』を持ち出したと？」

「そのようなことはありえません」

強い口調で否定したものの、首相の顔には何とも言えない苦い表情が広がった。

「ありえないことですが……そのように考える人も恐らくいたと思われます。トゥルークの僧侶は嘘は言えません。ですが、当時の二人が既に恋愛関係にあったとしたら……それは既に戒律を犯していたということに他なりません。ならば、若い男女のこと、恋を成就させるためには嘘も吐くだろうと。さらに悪いことに二人ともなまじ優れた僧であっただけに、高位の方々をお騙《だま》しすることもできたのだろうと」

「それはまた悪辣《あくらつ》ですな」

「はい。ですから誰もこんなことは口にできません。僧籍を離れたわたしがやっと言えるくらいです」

ジャスミンが訊《き》いた。

「首相ご自身のお考えは？」

元僧侶のせいか、シノーク首相は思慮深い人だが、この時ばかりは少しも躊躇わずに即答した。

「わたしは――いえ、ヴィルジニエ僧院のすべての僧侶はお二人の言葉に嘘はなかったと信じています。お二人はあの日あの時まで、週に一度の問答で顔を合わせるだけの間柄《あいだがら》に過ぎませんでした。二人きりで口をきいたことすらないのです。互いを異性と認識するはずもありません。あの時までお二人の間には何ら疚《やま》しいことはなかったのは疑いようもない事実ですが……そうは思わない人は恐らく大勢いたはずです」

「誰もはっきりと口にはしないのに？」

「そうです」

「陰湿ですなあ。二人が戒律を破ったと思うのなら堂々とそう言って糾弾《きゅうだん》すればいいでしょうに」

豪快なジャスミンらしい意見に、首相はほろ苦く笑って首を振った。

「高位の方々には下位の僧侶とはまた異なる事情があるのです。他の本山の方々は二人の言葉の真偽を疑いながらも嘘だという確証が持てなかったのです。お二人とも真実を語っていたのですから当然ですが、恐らく——これはわたしの想像ですが、それが真実であると見定めることができなかったのでしょう」

ケリーは頷いた。

「難しい立場ですな。そんな天啓は認めるわけにはいかない。かといって二人が嘘を吐いているという確信も持てない。サリザン以上の高僧は相手が嘘を言っていれば普通わかるはずなのに、その見極めがつかなかったとなると……」

ジャスミンも言った。

「大いにプライドが傷ついたわけですな」

容赦も遠慮もない女王さまだが、真理である。

首相は熱心に言った。

「ところが大いなる闇が顕現《けんげん》され、従妹をマリス・ゴラーナ、ご夫君をクレイス・ゴオランとお呼びになったという。それどころかドガールとドルガンという名のほうが似つかわしいとさえ宣《のたも》うたというではありませんか。申すまでもなくドルガンは僧侶の最高位です。その中から大師が選ばれるのですから。サリース・ゴオランからこの知らせを受けて、現在すべての本山は、あるまじきことではありますが、蜂《はち》の巣を突いたような状態です」

ケリーもジャスミンも頭を抱えたくなった。

思った通り超弩級《どきゅう》の爆弾だったわけだ。

一見すると冷静だが、実は躍り上がらんばかりに喜んでいる首相の態度からもそれが窺《うかが》える。

「二人の僧籍回復が神のご意思であるなら、二人があの時受けた啓示も本物に他ならない。サリース・ゴオランはそれを証明しようとしているのです」

それはまことに結構なことですが、こっちを巻き込まないでくださいという二人の希望は残念ながら無視される運命にあった。

大の男の首相が眼をきらきら輝かせながら、身を乗り出して尋ねてくる。

「大いなる闇は人の姿を取られていたと聞きました。お二人はそのご加護を得られているとのことですが、どのようなお姿をしておられるのでしょう？」

ケリーはこの難関に立ち向かうべく、気力を振り絞ろうとしたが、救いの神が戻ってきてくれた。

バックマンである。

「お待たせしました」

彼が差し出したのは貨物船の一覧表と航路だった。

このくらいなら秘書に届けさせればいいものを、わざわざ大臣に取りに行かせたらしい。

そんなことをしたら余計に目立つのではないかと二人は思ったが、ここではいつものことのようだ。

ケリーは貨物船の一覧と航路を見て言った。

「ほとんどの船が国際宇宙港を出発した後、第四、第七惑星に立ち寄るとありますが、なぜです？」

「第四、第七には採掘基地があります。その基地の人間に補給物資を届けるためです」

「何の採掘基地ですか？」

「主に宇宙船の外装に使う合金の原料です。かなり良質のものが採れることがわかりましたので。まだ試験段階ですが、将来は大規模な採掘に取りかかる予定です。第四も第七も居住不可能型惑星で空気も水もありません。幸い地盤はしっかりしているので採掘基地を設置して職員はそこで暮らしています」

水と酸素は基地で自給できるが、食料は外部から運ばなければならない。

「それを貨物船が兼任しているんですか？」

「はい。基地の人数がまだ少ないので、その程度で充分なのです」

なお、貨物船の行き先はほとんど中央座標《セントラル》なので、行き帰りに旅行客も運んでいるという。

中央座標《セントラル》のあるセントラル星系は連邦お膝元だ。

ここで仕事に励《はげ》む海賊はいない。

どうあってもカトラス星系内で仕事をしなくてはならないわけだ。

卓上の端末が鳴った。大臣が応対すると、画面に現れた補佐官らしき男性が言ってきた。

「連邦第八軍のヘネカー大佐から首相へ通信です」

「わかった」

首相は応接室の奥にある立派な執務机の前に座り、そこで内線を繋《つな》いだ。同時にケリーとジャスミンが座っているソファの正面の空間に表示画面《モニター》が起動し、軍服を着た男の顔が映った。

炯々《けいけい》とした眼光、太く濃い眉、えらの張った顔はいかにも軍人らしい厳《いか》めしさと自信に満ちている。

大佐のほうからは首相の顔しか見えないようで、敬礼して名乗った。

「初めまして。共和宇宙連邦第八軍第845駆逐《くちく》隊司令のガストン・ヘネカー大佐です。護衛部隊の指揮官を務めます」

「レミンスター・シノークです。この度はお世話になります」

「こちらこそ。度重なる海賊被害をこれまで防げず、情けなくも歯がゆく思っていたところです。我々が到着したからにはご安心ください」

「よろしくお願い致します。出航準備が整い次第、輸出を再開させます」

「その際はなるべく同時に船を出航させてください。そのほうが護衛もしやすい」

「同時にですか？」

首相は戸惑ったように大佐に確認した。

「しかし、船によってだいぶ行き先が違いますが、よろしいのでしょうか」

「行き先は皆、中央座標《セントラル》ではないのですか？」

「最終的にはそうですが、その前に第四惑星と第七惑星に向かう船に分かれるのです。今の時期ですと方向はまったく違います」

「わかりました。ではこちらも隊を二手に分けます。一隊はわたしが、もう一隊は次席指揮官のピアーズ・クロスビー大佐が指揮します」

「よろしくお願い致します」

重ねて言って、首相は通信を切った。

と思ったら机の端末がまた音を立てた。

だが、今度はケリーたちの正面には何も映らない。

奥の机の首相だけが真剣な表情で「はい」とか、「わかりました」とか敬語で話している。

その通信を終えて、首相は言った。


「ミスタ・クーア、ミズ・クーア。よろしかったら、こちらへもお立ち寄りくださいと、市庁舎の従妹が申しております。——本来ならばこちらからお伺いするべきところで、お呼びたてする失礼は重々承知しておりますが、せめて一言ご挨拶《あいさつ》をさせていただきたいと」

首相は二人の答えを待たずに付け加えた。

「——わたしからもお願い致します。行ってやってもらえますでしょうか？　従妹は何分、人前に顔を出せない身ですので」

バックマン大臣が二人を見て笑顔で頷いてくる。

断る選択肢はなさそうだった。

6

大臣の秘書は二人を政府庁舎の地下に案内した。

長い通路が伸びている。どうやら市庁舎と地下で繋《つな》がっているらしい。

大臣の秘書が案内したエルヴァリータの執務室は地下通路の途中にあった。隣には給湯室がある。

「失礼致します。クーアご夫妻をお連れしました」

秘書が声を掛けると、内側から扉が開いた。

エルヴァリータが顔を出して、秘書に会釈《えしゃく》した。

「ありがとうございます」

「他にご用はございませんか？」

「では、お茶を淹《い》れていただけますか。——今日はクロエが外出しているものですから」

「かしこまりました」

市役所職員にこれほど丁寧《ていねい》な態度で接する大臣の秘書も珍しいに違いない。

ケリーとジャスミンはエルヴァリータに促《うなが》されて中に入った。

壁の一面が書類棚だ。大きな執務机が二つ並び、客用の応接セットがある。

机は二つとも書類が山になっている。

一つは秘書の机かと思ったら、ダレスティーヤのもののようだった。この夫妻は文字通り机を並べて仕事をしているわけだ。

「こちらではどんなお仕事を？」

「主に情報分析のようなものでしょうか」

エルヴァリータは二人に椅子を勧め、自分も腰を下ろした。

「わざわざお呼びたてして申し訳ありません。ただ、お二人にばかりご苦労を掛けるわけにはいかないと、わたしどもにも何かお手伝いできることはないかと思ったものですから……」

秘書がお茶を運んできた。透明なきれいな茶碗《ちゃわん》に注がれた透き通った緑茶である。

二人ともその香りだけでわかった。

「藍王木《らんおうぼく》のお茶ですね」

「昨日、オルサム寺院でもいただきました」

エルヴァリータは微笑して尋ねてきた。

「ルテラス・オージェンはお元気でしたか？」

「ええ」

「あなた方のことを心配されていましたよ」

秘書が一礼して、部屋を出て行った。それを機に、ケリーはさりげなく問いかけたのである。

「ミズ・シノーク。これはあくまで仮定の話として聞いて欲しいんですが、羅合《らごう》の製法を知る何者かが今回のことに関与しているとしたら……それが誰か、お心当たりはありませんか？」

エルヴァリータは顔を曇らせた。

「ご懸念《けねん》はよくわかります。実は、もっとも怪《あや》しい容疑者がいるにはいるのですが……」

「本当ですか？」

「誰です？」

ケリーとジャスミンが反射的に身を乗り出すと、彼女は本当に困ったような顔で言った。

「わたしと夫です」

「………」

「トゥルークの僧侶は嘘《うそ》は言えません。既に各地の本山を通し、羅合の製法を知る僧は誰も嘘は言っていないと確認が取れています。例外があるとしたら、わたしと夫だけなのです。わたしたちは既に戒律に縛られる身ではありませんから――嘘を言うことも可能です」

ジャスミンは意図的に声を低めた。

「ということは――あなたとご主人は羅合の製法をご存じなんですね？」

「はい」

ケリーは苦笑して肩をすくめた。

「だめですよ。ミズ・シノーク。無理がありすぎる。

そんなことを馬鹿正直に話してしまう人を疑うのは時間の無駄です」

「そうなのですか？」

彼女は不思議そうに瞬《まばた》きするので、ジャスミンも笑いを噛《か》み殺しながら言った。

「夫の言うとおりですよ。実際あなたたちは外部の人に製法を話したことはないのでしょう？」

「はい。わたしも夫も一度もないと誓《ちか》って言えます。ただ、僧籍を離れたわたしたちが言っても信じてはもらえないと思いましたので……」

「それも間違ってますよ」

とジャスミンは言った。

「わたしも夫も僧侶ではないし、もちろん特異能力もありませんが、それでもあなたが嘘を言っていないことくらいはわかります」

「それが人を信じるということでしょう？」

エルヴァリータは軽く眼を見張って、合掌《がっしょう》した。

「お二人ともやはりただの方ではあらっしゃらない。きっと、かなり上位の僧侶になれるでしょうね」

二人とも震え上がった。

「ミズ、それは勘弁《かんべん》してください」

「そうですよ。俺たちには向いてません」

冗談のふりをしながらかなり真面目に言ったのに、エルヴァリータも真面目に首を振った。

「いいえ。僧侶に向かない方というのは、心に神を持たない方――この世に人間以上の存在などないと闇雲《やみくも》に思い込んでいる方です。それはそれで幸せな人生でしょうが、そういう人は人知を越えた存在に触れる機会を得ても、はっと気を引き締めることも、謙虚《けんきょ》な姿勢になることもできません。それは自らを顧みる好機を捨てているということでもあります」

ケリーは笑って言った。

「それを言うなら船乗りのほとんどは僧侶の資格があることになりますよ。――特に昔の船乗りにはね。まあ、あんな荒くれ連中に僧侶は無理でしょうが」

ジャスミンも指摘した。

「我々のことなどより、あなたたちのほうがよほど大変な事態になっているのではありませんか？」

エルヴァリータは真顔で頷《うなず》いた。

彼女は感情を表に出さない訓練を積んだ人だが、美しい顔に今はかすかな憂慮《ゆうりょ》の色がある。

「おっしゃるとおりです。今日も夫はヴィルジニエ僧院に呼び出されまして、クロエと一緒に出向いております」

「あなたは呼ばれなかったのですか？」

「いえ、呼ばれましたが、何となく——お客さまがいらっしゃるような気がしたものですから」

ケリーとジャスミンは首を捻《ひね》った。

自分たちの訪問は昨日から予定されていたことだ。

エルヴァリータの口ぶりでは他に客が来るように聞こえるが、彼女はそれには言及せずに言った。

「わたしも夫も今の暮らしに充分満足しております。今さら僧侶に戻るつもりはありません。既に何度もそう説明しているのですが、サリース・ゴオランがどうしても引き下がってくれないのです」

無理もないと二人は思って、口々に言った。

「あの人はご主人の一番弟子だったと聞きました。先程、首相から伺《うかが》った話と合わせると、ゴオランが一生懸命《けんめい》になるのもわかる気がしますよ」

「ご主人の不名誉を晴らしたいと思っておられるのでしょう」

エルヴァリータは首を振った。

「わたしも夫も当時の選択を不名誉と思ったことはありません。間違いなく天啓を受けたのですから。ただ、僧院に残ったサリース・ゴオランには何かと気苦労を掛けてしまったかと思います。——そこに大いなる闇が顕現《けんげん》され、あのお言葉を発せられた。わたしも夫も、そのことは僧院には言わないほうがいいとゴオランに助言をしたのですが、他の高僧にあの方のお姿を見られてしまっては——」

無駄だったわけだ。

ジャスミンが疑わしげに言う。

「ミズ。その原点を今さら訊《き》くのは気が引けますが、あれは本当にその『大いなる闇』なんですか？」

エルヴァリータは熱心に頷いたのである。

「間違いございません。それはもう一目見た瞬間にわかりました」

嘘を吐《つ》くことができるならここで言うべきだが、それは思いつかないらしい。

「お二人とも――大いなる闇という名は用いないと思いますが、あの方が人とは違う存在であることはご承知なのでしょう？」

ここで知らないと言ったらそれこそ嘘になるので、ケリーもジャスミンも苦笑するしかない。

「確かにあんなものは人とは言えないでしょうが、正直なところ、神さまとも思えないんですよ」

エルヴァリータの視線がケリーに向けられた。

黒々としたその瞳《ひとみ》には吸い込まれそうな力がある。

「あなたはあの方を天使と呼ばれました」

「ええ。俺が今ここにいるのも、その天使がやってくれたことです」

ケリーは微笑して、自分の手に視線を落とした。

指を開いて握ってみる。間違いなく自分の手だが、これがちゃんと動くことが既に奇跡だ。

「――戻った後、俺は自分の葬式を見てみましたよ。ずいぶんとまあ大がかりで恥ずかしくなりましたが、なかなかおもしろい経験でした」

ジャスミンも頷いた。

「わたしも自分の葬式を見たな。わたしの場合は、実際は死んでいなかったわけだが……」

エルヴァリータの黒い眼が、今度はジャスミンに向けられた。何かを推し量るようにだ。

「ご主人に比べると微量ですが、あの方のご加護は奥さまにも与えられておりますね」

「ええ、そうだと思います。わたしは遺伝子異常でとっくに死んでいなければならない身体でしたから。現代の医学では未《いま》だ治療法が発見されていないので、あの天使がいなかったら今も冷凍睡眠カプセルから出られなかったはずです」

　ジャスミンは笑って夫に眼をやった。

「ですが、この男の場合は次元が違います。何しろ身体を丸ごとつくってもらったというんですから。しかも当時の身体そのままときている」

「とおっしゃいますと？」

「夫は当初、無性生殖分裂《クローニング》で自分を再生するつもりだったんですよ。あの天使の力をまだ知らない時に。ただ、無性生殖分裂でつくられた身体には成長後の傷は反映されません。生まれたての赤ん坊のようにすべすべの肌の大人ができあがるはずなんですが、この身体は実によくできています。本人も知らない、わたしだけが知っている細かい傷跡が全部そっくり残っていますからね」

　ケリーが驚いて尋ねる。

「いつの間にそんなチェックをしてたんだ？」

　ジャスミンはすまして答えた。

「妻の特権だ」

　エルヴァリータは微笑を浮かべて、二人に向けてまた静かに合掌した。

「お二人が戻っていらしたことには必ずや、大きな意味があるのだと思います」

「いやいや、とんでもない。俺たちは降って湧いた第二の人生を楽しんでいるだけなんですよ」

　ケリーが笑って言えば、ジャスミンも言った。

「わたしたちのことを知っている人は、一部の人を除いて、皆さんかなりのご高齢ですから。あなたとこういうお話ができることを嬉《うれ》しく思います」

　エルヴァリータは大きく頷いた。

「それはわたしどものほうこそ言いたいことです。何分トゥルークでは、この顔は目立つばかりでなく、遠ざけられる対象でもありますので……」

「還俗《げんぞく》後はご主人ともども、ずっと東区から出ずに生活されていたそうですね」

「はい。わたしも夫も憚《はばか》ることは何もありませんが、何と言ってもこの顔は眼を引きます。幸い、ここで仕事を得ることができましたし、衣食住は東区内で充分まかなえました。周囲の人を騒がせないよう、ひっそり暮らすことを心がけてきたのです」

その『ひっそり』が成功しているかどうか大いに疑問だと思いながらケリーは訊いた。

「それなのに先日は揃《そろ》って中央座標《セントラル》までいらした。何か理由があってのことですか？」

エルヴァリータはちょっと首を傾《かし》げた。

「強《し》いて言うなら、サリース・ゴオランがあの薬の件で連邦の要人と話し合いに赴《おもむ》くことを聞いたから――でしょうか」

「それだけですか？」

「理解していただけるかどうかわかりませんが……わたしたちが行かなくてはならないと思ったのです。わたしにも夫にも時々こういうことがあるのです。理屈ではなく、ただ、衝動のように……」

自分の感じたものを表現する適切な言葉を探して、彼女は次のようにまとめた。

「サリース・ゴオランが危ないと感じました」

「それも天啓ですか？」

「わかりません。ただ、これだけは言えます。夫はゴオランを守ろうとしたのです。ゴオランは政治に関わることはできない立場ですから。わたしたちが代わって立とうと思いました。それなのに、今回のことで却《かえ》ってゴオランの立場が悪くなりかねないと夫は懸念しております」

ジャスミンが小さく舌《した》打ちした。

「それもこれも、ルウが暴走したせいで……」

「暴走は言い過ぎだ。あいつは自分が思ったことを言っただけだぜ」

「ミズ・シノークにはマリス・ドガール、ミスタ・ロムリスにはクレイス・ドルガンという名が似合う。本人は単なる感想のつもりかもしれんが、この国の人たちはそうは受け取っていないんだぞ」

「確かにな。まさにそれが問題だが、本人は自分は神さまなんかじゃないと明言してる。それと同時に崇《あが》め奉《たてまつ》られるのをひどくいやがっている。その意志を無視するのもどうかと思うぜ」

「わかります」

意外にもエルヴァリータは真摯《しんし》に頷いた。

「あの方はわたしにも息子の友だと名乗られました。サリース・ゴオランにも確認しましたが、あの方はあくまで普通の学生として大学に通い、周りの人は何も気づかないでいると。——驚きました」

「そりゃあ大学生にはあなたたちのような感応力はないんですから。問題はないでしょう」

エルヴァリータはちょっと困った顔になった。

「わたしには逆にそれがわからないので……普通の人の感覚を忘れないように努めているつもりですが、もっと気をつけないといけませんね」

その必要は大いにある。

間違っても普通ではない三人がほのぼのと会話をしていると、外から扉を叩く音がした。

エルヴァリータが「どうぞ」と声を掛ける。

静かに入って来た人はケリーとジャスミンを見て、軽く眼を見張った。

「失礼致しました。お客さまでしたか」

六十代に見える婦人だった。

小柄《こがら》で、細身で、一つに束ねた長い髪は真っ白になっているが、きりっと背筋を伸ばしている。

顔には人生の年輪を経《へ》た証《あかし》の皺《しわ》が刻まれているが、若い頃はさぞかし美しかっただろうと今も窺《うかが》える、目鼻立ちの整った人だった。

しかもだ。その顔に刻まれているのは皺だけではなかったのだ。見慣れた鮮やかな刺青《しせい》があった。

エルヴァリータが嬉しそうな顔になり、ただちに立ち上がった。

「お久しぶりです。よくいらしてくださいました。——ミスタ・クーア、ミズ・クーア。この方はソンダイク寺院の住持職《じゅうじ》であるラテール・ザンテスです。こちらはクーアご夫妻です」

老女僧は合掌して、あらためて名乗った。

「ジョアナ・ラテール・ザンテスと申します」

「ザンテスですか？」

二人は首を傾げた。顔に刺青のある僧侶の階級は全部教えてもらったはずだが、それは聞いていない。

老女僧は微笑して頷いた。

「ザンテスは三十二階位と高位の間に位置します。女僧ならライカールを終えてサザールとなるまでの位《くらい》ですが、本来は顔に刺青は入れません。わたしの場合はかつてサザールでしたが、子細がありまして、その位を下りたのです」

降格処分か——と軍に所属した経験のある二人は同時に思った。

顔に刺青を入れた人なのに僧院ではなく、寺院の住持職ということからもそれが窺える。

トゥルークの僧侶の場合、階級は上がるばかりと思っていたが、下がることもあるわけだ。

だが、どんな事情で降格されたにせよ、この人の『実力』は紛《まぎ》れもない本物だった。

何やら戸惑ったような視線をケリーの顔に当てて、ザンテスは不思議そうに言ったのである。

「——数年前まで、ご主人のお顔はよく報道番組でお見かけしたように記憶しておりますが……」

そんなものは記憶しないでもらいたいと、二人は心の中で突っ込んだ。

第一それを覚えているなら、その人物はとっくに亡くなったことも覚えているはずだろうと思ったら、彼女はさらに戸惑ったように言ってきた。

「ずいぶんとお姿が変わられたように思いますが、それも大いなる闇のご加護故でしょうか？」

でしょうか——じゃない。

まったく高位の僧侶は始末が悪い——悪すぎると、二人は内心で舌打ちした。

自分たちでさえこんな思いをさせられるのだから、ルウにとってこの星は恐らく最大級の鬼門だろう。

ケリーは大きな息を吐き、何とか気を取り直して言った。

「ラテール・ザンテス。すみませんが、そのことは人には言わないでいただけますか?」

「はい。申しません」

「約束してもらえますか?」

老女僧はにっこりと微笑《ほほえ》んだ。

「話したところで誰も信じません。わたしには嘘を言うことは許されておりませんので、あらぬ誤解を招くような発言ならば、最初から言わぬが花です」

エルヴァリータが言った。

「お茶をお淹れします。どうぞ、お座りください」

四人掛けのソファなので、エルヴァリータの隣が開いている。ザンテスはそこに座ろうとした。

「あっと、それじゃあ……」

ケリーが席を立とうとしたら、ザンテスはそれを止めたのだ。

「いいえ、どうぞ、そのままで」

さらりと言って、老女僧は椅子にちょこんと腰を下ろしてしまったので、これには散々トゥルークの僧侶の戒律を聞かされた二人のほうが驚いた。

「よろしいんですか?」

「異性と一つの机を囲むことになってますよ?」

ザンテスはにっこり笑って言った。

「こんなお婆ちゃんですもの。大いなる闇も大目に見てくださいますよ」

ケリーとジャスミンはますます面食らった。

「――はて、僧侶の方はとても厳しく戒律を守ると聞きましたが、そんなふうに戒律を曲解することが許されるんですか?」

「いいえ、もちろん本当はいけないことなんですよ。でも、ここであなたを追い立てるのはとても失礼なことですし、年寄りを立たせたままにしておいては、いくらお気になさらずと言っても、あなたのような立派な殿方は居心地の悪い思いをされますでしょう。戒律を重んじるのは僧として当然ですが、あまりに杓子定規なのも人としていかがなものかと思います。今のこの状況では、わたしがあつかましくも椅子を拝借するのが一番適した解答です」

　ケリーもジャスミンも思わず微笑んだ。

「なるほど……」

「確かに、おっしゃるとおりです」

　俗世を離れながら、なかなか茶目っ気のあるこの老女に、ケリーもジャスミンも好感を持った。

「ソンダイク寺院はパーヴァルの寺院ですか？」

「いいえ。タルボット村にある寺院です。ここから北東に千二百キロくらい行ったところでしょうか。村人よりも牛と羊のほうが多いくらいの土地です」

　お茶を持ったエルヴァリータが戻ってきた。

　ザンテスの前に茶碗を置き、自分も腰を下ろして、ジャスミンとケリーに説明した。

「タルボット村はとてもいいところですよ。景観はすばらしく、食べ物は美味《おい》しく、人は働き者です」

　ザンテスもにっこり笑って言った。

「ええ。小麦とミサイルの名産地なんです」

　並列するには凄《すさ》まじく異様な単語が続いたぞ——と二人は冷静に思った。

　エルヴァリータがザンテスに話しかける。

「今回はまた、どうしてパーヴァルへお越しに？」

「オルサム寺院に世話になっている弟子がいまして、その様子を見に参りました」

　二人はちょっと驚いた。

「ルテラス・オージェンの寺院ですか？」

「昨日その寺院でオージェンにお会いしましたよ」

　ザンテスは笑顔で合掌した。

「まあ、それでは弟子にも会われましたか？　今はクローム・セリオンと名乗っておりますが……」

　二人ともますます驚いた。

「セリオンのお師匠さんですか？」

「しかし、セリオンはオージェンを師匠だと言っていましたが……」

「はい。二年前にあの子が僧になった時、これから何度も僧院に出向くことになると思いましたので。タルボット村から通うより近いところにいたほうが便利ですから。ルテラス・オージェンにお願いして、しばらく預かってもらうことにしたのです」

「それじゃあセリオンは二年前にパーヴァルに出てきたばかりなんですか？」

「驚いたな。実に堂に入った案内ぶりでした」

二人の口から語られる弟子の様子に、ザンテスは本当に嬉しそうに微笑んだ。

「弟子がお役に立ったようで何よりです」

ジャスミンは疑問に思って尋ねてみた。

「しかし、ここから千二百キロも離れているなら、近くに別の本山がありそうなものですが……」

「はい。ございますよ」

「それなのに、わざわざヴィルジニエ僧院に？」

「はい。師匠と弟子にも相性がございますので」

お茶目な笑顔で、なかなかずばりと言う人である。

「わたし自身がヴィルジニエ僧院で修行したせいもあります。アルヴィン大師はお歳は召されましたが、本当に立派なドルガンでいらっしゃいますから」

「そんなにご高齢なんですか？」

エルヴァリータが答えた。

「もうじき百歳になられます。わたしと夫の結婚を祝福してくださった方です」

「ほほう……」

それは意外だった。実に二十年以上も同じ人物が大師を務めているわけだ。

「ですが、ご高齢を理由に、大師はそろそろ後進に指導者の地位を譲ろうと考えておられるようです」

エルヴァリータの言葉にザンテスが頷いた。

「そのこともありまして、クローム・セリオンにも今のうちにアルヴィン大師の薫陶《くんとう》を受けさせてやりたいと思ったのです。僧侶はどこの本山を選んでもかまいませんが、やはり最初が肝心《かんじん》ですから」

ケリーが訊いた。

「すると……上の位に上がるための修行に行ったら、次回もその僧院に行くわけですか？」

「はい。普通は同じところに参りますね」

「二年間で五回の——ええと、昇格でいいのかな？　僧院に通うのは多いほうなんでしょうか」

「はい。二十年修行しても五階しか上がらない僧もおりますから、こればかりは人それぞれです」

楽しそうに話していたのに、ザンテスはふと頭を上げて、急に言い出した。

「あら……これはお暇《いとま》したほうが良さそうですね。後程また参ります。マリス・ゴラーナ」

エルヴァリータはひどく困惑した顔になった。

「ラテール・ザンテス。あなたまでそのような……よしてください。わたしはただのエルヴァリータ・シノークです」

「いいえ」

莞爾《かんじ》としてザンテスは首を振った。

その微笑には不思議な威厳すら籠《こ》められていた。

「それは違います。あなたはマリス・ゴラーナです。クレイス・ゴオランと結婚されても、お子を生《な》した今も、大いなる闇は常にあなたとともにあります」

慈愛に満ちた笑みを浮かべて合掌し、ザンテスは部屋を出て行ったのである。

この唐突《とうとつ》さに驚きながらも、ジャスミンは言った。

「素敵な人ですね」

「はい。あの方は——本来ならザンテスと呼ばれるような方ではないのです。もっと上の位こそがふさわしい方なのですが、サザールから今の位に下りて四十年以上になるはずです」

「僧侶にも降格処分があるんですね」

「しかも、一度下がったらそのままとは厳しい」

二人の感想にエルヴァリータは嘆《なげ》かわしげに首を振っている。

「何度か昇格のお話もあったと聞いているのですが、あの方はお受けにならず、ご自分の意思で今の位にとどまっておられます」

「それは珍しいことなんですか？」

「はい。位を下りることがそもそもあり得ません。当時の事情を知る数少ない方々は黙して語ろうとはなさいませんので、ザンテスの身に何があったかはわたしも存じません。ですが――あの方が低すぎる位に甘んじていらっしゃることは事実です」

当時を知る人は黙して語らず――。

奇《く》しくも昨日ルテラス・オージェンの口から同じ言葉を聞いた。

沈黙は金とはよく言ったものだ。

四十年も経てば、誰かの口から何かしらの情報が洩《も》れてもいいはずなのに、それがないという。

もしかしたら、これこそがトゥルークの僧侶の、最大にして恐るべき能力かもしれなかった。

「しかし、なぜ急にお帰りになったのかな？」

ジャスミンが疑問を述べると、エルヴァリータは困ったように微笑した。

「恐らく、嵐を避けようとなさったのでしょう」

「嵐？」

「はい」

「建物の中で？」

「はい」

どういうことかと二人が首を傾げた時だ。

またしても扉が――しかも恐ろしく勢いよく開き、大変な剣幕の人が飛び込んで来たのである。

「母さん！　あたし結婚する！」

室内の三人の反応は二つに分かれた。

母さんと呼ばれた人は顔色も変えず、客の二人は唖然《あぜん》として飛び込んで来た人を見た。

ジャスミンはほとんど呆《あき》れて言ったのである。

「よっぽど、きみとは縁があるらしいな」

エレクトラだった。

実に三度目の邂逅《かいこう》である。

ケリーも驚いてエルヴァリータに問いかけた。

「お嬢さんですか？」

「はい。娘のエレクトラ・ロムリスです」

「聞いてるの！　結婚するって言ってるの！」

その娘は憤然《ふんぜん》と頭を反《そ》らしている。

何か文句ある？　反対するならしてみなさいよ！

と言わんばかりの挑発的な態度だ。

　恐らくは「許しませんよ！」とか「あなたはまだ学生でしょう！」とかの反応を待ちかまえていたと思われるのだが、この母親では無駄だった。

「そうですか」

　エルヴァリータは穏やかに頷いたのである。

「それではあなたの結婚相手は、いつわたしたちのところに挨拶《あいさつ》に来るのですか」

「あ、挨拶って……」

「結婚を決めたのなら、相手の両親に挨拶するのは当然の礼儀です。わたしもロムリス家に挨拶に参りました。もちろん夫もわたしの両親にきちんと挨拶しましたよ。――あなたのお相手は？」

　エレクトラはぐっと言葉に詰まった。

「わかった。連れてくる！」

　ばたんと扉が閉まる。

　静けさの戻った室内で、ケリーは苦笑した。

「なるほど。確かに嵐ですな」

　ザンテスがあれを予想して避けたのだとしたら、ますますもって普通ではない。

　ジャスミンも笑って言った。

「元気のいいお嬢さんですね」

「お二人にご挨拶もせず……お恥ずかしい限りです。

――お二人とも、娘をご存じで？」

「ええ。昨夜、ご子息にもお会いしました」

　何となく会話が途切れた。

　ちょうどいい機会だった。これ以上ここにいると家庭内の問題に首を突っ込むことになりかねない。

　ケリーは「では、そろそろお暇《いとま》します」と言って腰を浮かせ掛けたが、ジャスミンが動かない。

　夫を見上げて言った。

「先に行ってくれないか」

「わかった」

　彼女は家庭内の話に首を突っ込みたいらしい。

　それもいいだろうと思い、一人で立ち上がると、エルヴァリータが言った。

「お帰りは市庁舎の玄関から出られたほうが早いと思います。この地下通路の先の非常口を出て階段を上がりますと、市庁舎の一階に出られます」

「ありがとうございます」

ケリーは言って、ジャスミンに声を掛けた。

「——じゃあな、女王。上で待ってる」

「ああ。すぐに行く」

エルヴァリータと二人になった後、ジャスミンは両手で自分の顔を思いきり叩いた。

かなり派手な音が響いたので、エルヴァリータが驚いて言う。

「奥さま、どうかなさいましたか?」

「いえ、ちょっと顔の皮を厚くしなくてはと思ったものですから。——ほとんど初対面の方にこれから非常に失礼な質問をしますので」

顔を上げたジャスミンは単刀直入に切り込んだ。

「ご結婚された時、ご主人を愛していましたか?」

エルヴァリータは即答した。

「いいえ」

「では、なぜご結婚を?」

「それが神のご意思だったからです」

「その状況で——なぜお子さんを儲《もう》けようと?」

「あの時のわたしは二十歳。クレイス・ゴオランは二十五歳。この年齢の二人に結婚せよという啓示をくだされたのは子を儲けよという意図に他ならない。——わたしたちはそのように解釈したのです」

「その義務感だけで行為に及んだのですか?」

これは確かに面《つら》の皮が分厚くないとできない。

口にするのも憚られる不躾《ぶしつけ》極まりない質問だが、尋ねるほうは真剣だった。

同じくらいエルヴァリータも真剣に答えた。

「そのとおりです。当時のわたしたちにあったのは義務感だけでした。愛情から来るものではなく——ただしなければならないことだと。ですから事前に排卵日を計算しました」

「あくまで妊娠のための手段でしかなかったと?」

「はい」

ジャスミンは疑わしげに問いかけたのである。

「ミズ……まさかと思いますが、それをお嬢さんに言ってはいないでしょうね？」

エルヴァリータは深くうなだれた。

「…………迂闊《うかつ》でした」

「ですなあ！」

これぱかりはさすがに弁護の仕様がない。

エルヴァリータもひどく後悔しているようだった。

「娘が十一歳の時、お父さんとお母さんはどうして結婚したのと尋ねられ、隠すようなこととは思わず、正直に答えてしまったのです。娘の顔色が一変して泣き出した後になって、ようやく、これは言ってはいけないことだったと悟ったのですが……」

後の祭りである。

ジャスミンも呆れて言った。

「そりゃあ、お嬢さんは荒れたでしょう」

お父さんとは愛し合って結婚したわけではないと、実の母親に面と向かって言われてしまったのだから。

エルヴァリータは深々と嘆息《たんそく》している。

「わたしにとってはごく自然なことでしたので……まさか娘がそんなにこのことを気に病むとは夢にも思っておりませんでした」

「なるほど……それでわかった。だからお嬢さんはあんなに愛情表現にこだわるようになったんですね。自分は愛されているのだという実感が欲しくて」

「恐らくそうだと思います」

神妙に頷いた母親はしかし、不思議そうに言った。

「ですけど、僧侶と違って普通の人は嘘を吐きます。愛していると口で言うだけなら誰でも言えますのに、あの子はなぜかそれには気づかないようですね」

ジャスミンは大きく頷いたのである。

「わかります。わたしもそれを懸念しました。口のうまい男なぞ世間には大勢います。特にお嬢さんのお相手はその手合いではないかと」

エレクトラの母親は思わず身を乗り出した。

「奥さまもそう思われますか？」

「思いますね。一度も会ってないのに何がわかると言われるかもしれませんが、学士獲得のために勉強しているお嬢さんに向かって大学を辞めろと平然と言うような男です。まともであるわけがない。まあ、単につきあう分にはそれもいいかと思います。若いうちは何事も経験ですから。ただし、結婚となると話は別です」

「わたしも、あの子には幸せな結婚をして欲しいと心から思っているのですが、その気持ちがなかなか伝わらないようでして……」

「親の心、子知らずと言いますからね」

型破りな二人の母親はしみじみ頷き合った。

と、何を思ったか、ジャスミンは再度ぴしゃりと顔を叩いたのである。

「――わたしの顔の皮が保《も》ってくれるかな？　これまた極めつけに失礼な質問をしますので、答えたくないなら無視してくれて結構です。お二人とも――

初めてですよね？」

エルヴァリータは気分を害した様子もなく、無視することもなく、意味を理解して頷いた。

「もちろんです。わたしも夫も十《とお》にならないうちに僧院に入りましたから。閨事《ねやごと》はおろか、家族以外の異性に触れるのも初めてでした」

「さらに不躾なお尋ねをしますが――妊娠するまで何度ほど試みられました？」

「いえ、一度で……」

「――その一度で生まれたのが昨日お会いした息子さんですか？」

「いえ、息子と、今の娘がそうです。双子ですので。ただ……」

「ただ？」

エルヴァリータはしばらく黙り込んだ。

どう説明したらいいものかと戸惑っているような沈黙だった。

「わたしにも夫にも――わかってしまったのです。

この子たちは……違うと」

「違う？」

「はい。大いなる闇の意図された子とは——違うと。なぜかはわかりませんがそう思いました。ですので、夫と話し合って、その後、ライジャを儲けました」

三人の子どもの母親は深く嘆息した。

「それも娘の怒りの原因になっているようなのです。弟を——僧院にくれてやるために生んだのかと」

「ははあ……」

「間違いではありませんが、それは違うと言っても、どう違うのかと反発するばかりで……わたしたちは還俗後も僧侶としての感覚を持っておりましたから、これが普通の人の感覚なのかと愕然《がくぜん》としました」

ジャスミンは大いに同調して頷いた。

「お気持ちはわかります。お二人には説明も不要なことなのに、お嬢さんにはいくら言葉を尽くしても理解してもらえない」

エルヴァリータは一条の光を見出したような顔で頷いたのである。

「まさにそうなのです。何が本物で何が偽物なのか、見分けることが娘にはできない——もしくは難しい。それがわかった時は……ぞっとしました。娘は女の子です。誘惑も危険も世間には数多くありますのに、こんなにも覚束《おぼつか》ない有様で大丈夫なのかと……」

「ミズ・シノーク。それは違います。お嬢さんには本物と偽物を見分けることがまだできないだけです。お嬢さんは賢《かしこ》い方です。何よりあなたの娘さんだ。近い将来、必ずできるようになりますとも」

力強い言葉に救われたように、エルヴァリータはほっとして微笑んだ。それから力無く言ったものだ。

「恥ずかしながら、わたしは当たり前の少女時代を過ごしてこなかったものですから。年頃の娘が何を考えているか今一つわからなくて……お腹を痛めて生んだ我が子ですのにね。情けない限りです」

「いやいや、お羨《うらや》ましい。わたしは男の子一人で、あんなに女の子を持った経験がないものですから。あんなに美人の娘が欲しかったと思いますよ」

真顔で言って、ジャスミンは小さく笑った。

「親近感を覚えたらいけないのかもしれませんが、わたしも同じことをしているんです」

「は？」

「それどころか、事前に話し合ったお二人に比べて、わたしの場合はもっと悪い。ほとんど一方的に夫を押し倒しましたから。もちろん排卵日を狙って」

クーア夫妻は恋愛結婚したことになっている。

世間的には、大財閥の一人娘だったジャスミンが一介の宇宙生活者だったケリーに夢中になり、夫に迎えたという逆玉《たま》の輿《こし》物語だ。そんな世間の認識を木っ端微塵《こばみじん》に粉砕する本人の独白だった。

「わたしも当たり前の少女時代とやらは、過ごした覚えがないんです。毎日が投薬と治療の繰り返しで、学校にも行けず、友達もつくれず、髪にも身体にも薬の臭《にお》いが染みついて消えない。そこまでやっても三十歳までしか生きられない――それが少女の頃のわたしの日常でした」

エルヴァリータの黒い瞳が驚きに見開かれたが、何も言わずにジャスミンを見つめている。

「神さまのお告げではありませんが、わたしは何か残して死にたかった。結局思いついたのは子どもを生むことでした。そのためには相手が必要だった。そこで白羽の矢を立てたのがあの男です」

ジャスミンは軽く肩をすくめて笑った。

「自分が女でよかったと思いましたよ。これが男で、子どもを残したいからと焦《あせ》って若い女性を無理やり押し倒したりしたら、さすがに外道にも程がある。立派な犯罪です」

エルヴァリータが躊躇《ためら》いがちに言い出した。

「奥さま。お言葉ですが……女性がやってもあまり褒《ほ》められたことではないと思いますが……」

「ええ、おっしゃるとおりです。あの男も『勝手に人を種馬にしたのか』とずいぶん怒っていましたが、最後は許してくれました。いい男ですよ、本当に」

言葉は乱暴でも口調は限りなく優しい。

エルヴァリータはその様子を見て微笑した。

「ご主人と結婚されて、お幸せですか？」

「もちろんですよ。わたしの男を見る眼は実に確かだったと日々実感しています」

堂々と言うジャスミンにエルヴァリータも笑いを深くして、今度は少し控えめに尋ねてきた。

「昔の記事によりますと、ご子息は宇宙船の事故で亡くなったそうですが……」

「あなたはどう思います？」

悪戯《いたずら》っぽく煌《きら》めくジャスミンの瞳に何を見たのか、エルヴァリータは微笑したまま首を振った。

「奥さまのご様子は、とてもお子さまを亡くされた母親には見えません」

「では、そういうことで」

「わかりました。——これも昔の記録で、奥さまは名門女子校に通っていたとありますが……」

「ええ、エクセルシオール学院に。それについてはどう思われます？」

「嘘ではないと思います。が……」

「何でしょう？」

「いったいどんな女子校に通えば、奥さまのように闘いに精通した女性が完成するのかと思います」

ジャスミンは声を立てて笑った。

「ミズ。どうかジャスミンと呼んでください。今になってこんな話ができる女性の友人に恵まれるとは思ってもみませんでした」

エルヴァリータも同じことを感じていたようで、大きく頷きながら微笑んだ。

「わたしも同じです。尽くしてくれる友はいますが、対等の立場で会話のできる同性の友人はわたしにはもっとも縁遠いものでしたから。では、ジャスミン。わたしのことも名前で呼んでいただけますか」

「もちろん。エルヴァリータ」

名前で呼ばれることすら彼女には新鮮だったのか、うっすらと頬《ほお》を染めて嬉しそうに言った。

「三人の子どもを育ててみて、上の息子と娘は神がわたしたちにくださった贈りものだとわかりました。ライジャはいずれ、手放さなければならない子だとわかっていましたから、その時にわたしたちの元に息子と娘が残るようにしてくださったのだと――。夫も同じ意見でした」

エレクトラには理解できない理屈かもしれない。

だが、ジャスミンにはよくわかるのだ。

二人が子どもたちを慈《いつく》しんで育てたことも、僧院に委《ゆだ》ねた我が子に対しても、手元に残った我が子に対しても、深い愛情を注いでいることも。

だから答えのわかっている質問をした。

「あなたもお幸せなのですね？」

「はい。僧院にいた頃は神に仕える喜びは何物にも代え難いと思っておりました。ですが今は還俗して、夫と結婚して、本当によかったと思っております」

「エルヴァリータ。そこで一つ、女同士の内緒話ということで顔の皮の限界に挑戦しますが……」

ジャスミンは身を乗り出して声を低めた。

「ご主人とは、三人目のお子さんを儲けた後は……一度も？」

エルヴァリータも身を乗り出して、そっと言った。

「いえ、そこはあの、夫婦でございますから……」

破顔一笑したジャスミンだった。

「よかった。それを聞いて安心しました」

義務感だけで結ばれ、その後、夫婦らしい喜びが何もなかったというのではあまりに空《むな》しい。

エレクトラは大きな勘違いをしていると確信したジャスミンは辞去の言葉を述べて立ち上がり、扉に手を掛けたところで振り返った。

「ご結婚当時は愛してはおられなかった。では今はご主人をどう思っていらっしゃいますか？」

見送りのために立ち上がったエルヴァリータは、惚《ほ》れ惚《ぼ》れするような美しい微笑を浮かべたのである。

「世界中の誰よりも好きな人です」

「…………」

「二十三年前のあの時から——夫は無二の友であり、同志でもありました。三人の子を儲けた後は本当に良き父であり、申し分のない夫でもあります。夫のいない人生はもはや意味を為しません」

妻にここまで言ってもらえる夫は世間にどれだけいることか、ダレスティーヤにとってはかけがえのない勲章だろうと、ジャスミンは微笑ましく思った。

「それをお嬢さんに言ってさしあげればよいのに」

エルヴァリータは寂《さび》しげに首を振った。

「何度も言ったのですが、心には響いていないのか、結婚当時は愛し合っていなかったという事実だけが残ってしまったのか、耳を貸そうとしません」

「あげく、つまらない男に引っかかったのでは眼も当てられませんよ」

ジャスミンの指摘はもっともだったが、エルヴァリータは何やら意味ありげに微笑した。

「ご心配ありがとうございます。ですけど、大丈夫。恐らく結婚ということにはならないと思います」

7

部屋を出たジャスミンはエルヴァリータが言った突き当たりの非常口へ向かおうとした。

ところが、反対側の給湯室のほうからただならぬ話し声が聞こえてくる。思わずそちらに足を向けた。

「──だからそれは！　そうじゃないんだってば！　ねえ、キース。お願いよ……」

エレクトラだった。

携帯端末を手に、深刻な様子で話している。

「うん……それはわかってるけど……じゃなくて！　そうね……後でちゃんと話そう──愛してるわ」

携帯端末を切り、苦悩の表情で立ちつくす彼女に、ジャスミンは声を掛けた。

「行動が早いな。さっそくキースに連絡したのか」

エレクトラは飛び上がった。

美しい顔がみるみる怒りに染まる。

「立ち聞きなんて……最低！」

「あんなに大きな声で話していたらいやでも周りに聞こえるぞ。──今の話から察するに、彼は結婚の挨拶《あいさつ》には行きたくないと言ったのかな？」

エレクトラはたちまちうなだれた。

「キースは──独自の価値観を持っている人です。常識や風習には囚《とら》われたくないんでしょう」

「ああ。血気盛んな若者にはよくあることだ」

ジャスミンが肯定するような言葉を言ったからか、エレクトラは通話の内容を積極的に話してくれた。

自分の両親に結婚の挨拶をしてほしいと頼むと、キースは呆《あき》れたように言ったという。

「きみは何歳《いくつ》なんだ、エレ。大人になってまで親の言いなりになるのか？」

「言いなりとかそういうことじゃないでしょ」

「どこが？　結婚なんて大事なことを自分の意思で

決められないなんておかしいじゃないか」

「もちろん結婚はあたしの意思よ。あたしが自分で決めたこと。だから、あなたを親に紹介したいの」

「なんで？　俺はそんな必要はないと思うね」

「わかってる。だからお願いしてるのよ、キース。あたしはあなたにそうしてほしいの」

「それは違うんじゃないかなあ。エレ。俺はきみを愛してる。だから必要だと思ったことは譲歩するよ。今までだってそうしてきただろう。だけど、今回は違うよ。俺ときみが話し合って決めたことなのに、親に挨拶に行けだなんて……」

まるで品定めされるようで沽券《こけん》に関わる。

信用されていない気がしていやだと言うのだ。

エレクトラも食い下がった。

「どうして信用されていないなんて思うの？　親はあなたが――あたしと結婚する人がどんな人なのか知りたいだけよ」

「だから、そこが変だっていうんだよ。きみは俺がどんな人間かよく知っているだろう。俺にとってはそれが一番大事なんだ。きみが知っていてくれれば充分なんだよ。どうしてそこに親なんていう要素が割り込んでくる余地があるんだ」

キースの主張をまとめると次のようになる。

結婚するのは自分たちである。エレクトラはまだ学生だが、成人した大人で、もちろん自分も成人だ。大人同士が合意で結婚を決めた以上、親の許可など求めるほうがおかしい。

「そもそも挨拶に行って、それで親が俺との結婚は許さないって言ったらどうするんだ。別れるのか」

「まさか！　そんなことあり得ないわ」

「だったら問題ないじゃないか。先に届けを出そう。俺の親には結婚した後で報告すれば充分なんだから、きみの両親にもきみが自分で言えばいい」

ここまで話して、エレクトラはため息を吐《つ》いた。

「そう言われると……そうなのかって思っちゃって。説得力あるんですよね」

どこがだ。

ジャスミンは『苦虫を嚙《か》みつぶしたよう』な顔にならないと懸命《けんめい》に努力していた。

なかなか難しい。表情筋を酷使する戦いだ。

「参考までに尋ねるが……彼は今までどんなことを譲歩してくれたんだ？」

「あたしは家を出て兄と部屋を借りてるんですけど、同居人の兄がいやがるから部屋では会えないんです。キースはそれが不満で——彼の家も平日はゆっくりできる環境じゃないので。キースは毎晩でも一緒に過ごしたいのにって言ってました。でも、会うのは週末だけで我慢してくれてるんです」

それを譲歩というのか——と、ジャスミンは心の底から感心した。こんな戯《たわ》けた白々しい言い分でも恋する乙女には有効なのかと（まともな恋愛に縁がないだけに）眼から鱗《うろこ》が落ちる想いでもあった。

「きみはどうなんだ。キースにはご両親に挨拶してもらいたいと思っているのか？」

「はい。あたしはそれが普通だと思ってましたから。

……キースの普通は違うみたいですけど」

「だが、彼の普通では、ご両親を納得させることはできないんだぞ。何よりその理屈で言うと、きみも彼の親に挨拶しなくていいことになる」

「そうなんですよ。あたしはそんなのいやなんです。キースは事後報告でいいって言うけど……それじゃあんまりだらしないじゃないですか」

恋に眼が眩《くら》んでいても自分の意見ははっきり言う。その点は評価できる。

「キースの両親は何をしている人たちなんだ？」

「知りません。聞いたことがないんです。あたしも両親のことは言わなかったから……」

「まあ、あのご両親では言いにくいのはわかる」

ジャスミンの呟《つぶや》きに力を得たのか、エレクトラは自嘲《じちょう》気味に笑ってみせた。

「うちの親、変わってるでしょ？」

はっきりとは言いにくいのでジャスミンは笑って

肩をすくめた。エレクトラもつられて微笑したが、傍目《はため》にもほろ苦い笑いだった。

「小さい頃はあれが普通だと思ってたんですけど、小学校に入って友達の家に遊びに行くようになって、ご両親に会う機会が増えると——もう絶句でしたね。『他の子の親ってみんなこうなの⁉』って」

「具体的には？」

「一番驚いたのは、男の子の友達がいたんですけど、その子のお母さんが友達に手を焼いていたことです。『やめなさい！』とか『悪戯《いたずら》ばっかりして！』とか、うちの兄も結構な悪戯小僧だったけど、母が大声で兄を叱《しか》りつけるところなんか見たことなかったので。——そんな必要もなかったんですけどね。兄は母の前では借りてきた猫みたいにおとなしかったから」

「きみは友達を自宅には招かなかったのか？」

「呼びましたよ。友達は友達でうちの親の顔を見て絶句です」

エレクトラは深い息を吐いて話を続けている。

「高校の友達が、親に内緒で塾をさぼって男の子と遊びに行ったとか、親が許してくれないから夜中にこっそり部屋を抜け出してコンサートに行ったとか話すのを聞いて、あたし本当にびっくりしたんです。親に内緒で？　そんなことどうしたらできるのって。みんな『簡単だよ～！』って『やってみなよ』って笑って言いましたけど——うちでは不可能です」

「それはきみがとてつもなく隠し事が下手《へた》だからか。それともご両親が端から見破ってしまうからか？」

「……わかってるなら訊《き》かないでください」

疲れたように言われてジャスミンも苦笑を返した。

「そこまで勘が鋭いとわかっているご両親に無断で結婚するのは、どう考えても賢《かしこ》いやり方じゃないと思うぞ」

「……ですよね。キースの意見もわかるんですけど、何とか話し合ってわかってもらおうと思います」

そんな話し合いは時間の無駄だという自明の理がエレクトラにはわからないらしい。

この有様では母親が心配するわけだと思いながら、ジャスミンはおもむろに頷《うなず》いた。

「そうだな。話し合いは重要だ。特に結婚となると、もともとは他人同士が一緒になるんだからな」

「ですよね。とことん話し合わないと」

「意気込みは評価するが、この問題は本当にそれで解決するかな?」

「しますとも。あたしはキースの意思を尊重したい。だから、キースにもあたしの意見を尊重してほしい。お互い大人なんですからどうしても譲れない意見がある時は納得するまで話し合えばいいんです」

前向きなのは大変結構だが、エレクトラのそれは猪突猛進《ちょとつもうしん》に近い。危なっかしくて仕方がない。

やれやれと肩をすくめながらジャスミンは言った。

「きみはもしかして忌憚《きたん》のない意見をぶつけ合えば人は必ずわかり合えるとか、時に喧嘩《けんか》になるような衝突を敢《あ》えてして初めて人と人との絆《きずな》は深まるとか、そんなことを本気で思っていないか?」

黒い瞳《ひとみ》が驚きに見開かれた。

「あなたは思ってないんですか?」

ジャスミンは答えず、意味深に笑ってみせた。

「全面的な否定はしないが、妄信するのは危険だぞ。今のきみのような持論を展開する人を何人か知っているが、そういう人たちには共通した欠点がある。一度は派手に衝突しないと真に心を許せる間柄《あいだがら》にはなれないと頑《かたく》なに思い込んでいる点だ」

「どこが欠点なんです? 事実じゃありませんか」

エレクトラは熱心に言ってきた。

「一度どころか何度か本音《ほんね》でぶつかり合わなきゃ、本当の意味で人を理解することなんかできっこない。それじゃあ上辺だけのつきあいしかできないわ」

「熱血青春娯楽番組の見過ぎだな。そんなのは頭の悪い男どもにやらせておけ。面倒くさくてかなわん。喧嘩をしなくてもわかる人にはわかるんだ。心から打ち解ける関係になるのに無駄な衝突は必要ない。それが理解できないところが欠点なのさ」

エレクトラはちょっとむっとして言った。

「偏見《へんけん》だわ。夫婦だって喧嘩するほど仲がいいって言うじゃありませんか」

「ずいぶん古風な喩《たと》えを引っ張り出してきたな」

ジャスミンは笑ったが、エレクトラは真剣だ。

「うちの親はその正反対。喧嘩してるところなんか見たことがありません。夫婦なのに敬語で話してるくらいなんだから」

「それはご両親のお人柄だろう。わたしなぞ、夫をおまえよばわりだぞ」

「ちょっと乱暴だけど……そのほうがまだましです。本音で接している気がするもの」

やはりな——とジャスミンは思った。

『人間関係は本音の喧嘩をして初めて本物』という厄介《やっかい》な熱血教義を信じ込んでいる彼女には、一度も夫婦喧嘩をしたことのない両親のあり方は嘘《うそ》くさく見えてしまうのだろう。

エレクトラは両親を嫌ってはいないのだろうが、複雑な心境を抱えているのは間違いない。

思い詰めたような口調で言ってきた。

「うちの親は——お互い好きでもないのに神さまのお告げとやらで結婚してあたしたちを生んだんです。昨日も言いましたよね。無責任だって」

また肩をすくめてジャスミンは言った。

「ちょっと訊きたいんだが、今時の若い子は友人の紹介で恋人をつくったりはしないのか？」

突然に話題を変えられてエレクトラは戸惑ったが、質問には素直に答えた。

「あたしはないけど、よくある話だと思いますよ」

ジャスミンは然《しか》りと頷いて言ったのである。

「それならご両親の場合は、その友人が『神さま』だったというだけの話だぞ」

エレクトラは呆れ返った眼でジャスミンを見た。

「正気で言ってるんですか？」

「いけないか？　どちらか一人だけが天啓を受けて勝手に結婚相手を見定めて追い回したなら、それは迷惑極まりない。つきまといという犯罪でもあるが、ご両親は同時に『この人だ』と思ったわけだろう」

「両親が本当に自分の意思で相手を選んだのなら、あたしだって文句なんか言いません。だけど、あの二人は仕方なく結婚したんです！」

また彼女の頭に血が上る。

「あたしはそんなのまっぴら。結婚は自分が選んだ、本当に好きな相手としかしたくない。そうでなきゃ、幸せな結婚なんかできっこないわ」

「さて、それはどうかな。わたしはこれでもかなりいいところのお嬢さんなんだが……」

「自分で言いますか？」

「本当のことだから仕方がない。独身だった当時の求婚相手は百人をくだらなかった。もっといたかもしれないな。こんながさつな大女に眼をつぶるほど、わたしの親の財産は魅力的だったわけだ」

ジャスミンは悪戯っぽく笑ってみせた。

「上流階級では両親の勧めや知人の紹介で結婚する夫婦の割合はかなり多い。そのほうが相手の身元もしっかりしているし、家柄や価値観の釣り合う相手を見つけられるからだが、いくら親に勧められても、信頼できる人の紹介でも、最後に決めるのは本人だ。相手の人物を見て気に入らない、自分と合わないと思ったらそこで話は終わりになるんだぞ」

「……何が言いたいんです？」

「大恋愛で結婚しても数年で喧嘩して離婚するのと、お見合いで結婚して最後まで仲良く添い遂げるのと、どっちが『幸せな結婚』かってことさ」

「そんなの結果論に過ぎません」

「実例は山ほどあるぞ。新婚当時は鬱陶《うっとう》しいくらい熱々《あつあつ》だったのに、二、三年で憎悪と嫌悪にまみれて別れる夫婦もいれば、人前ではいっさい愛情表現はしないのに、むしろ淡泊な関係に見えるのに、生涯仲良く寄り添う夫婦もいる」

「あなたとご主人みたいにですか？」

ジャスミンは不敵に笑って言った。

「わたしたちの場合は仲良く寄り添うというより、かなりの割合でどつき合いだ」

エレクトラは不審そうな眼をジャスミンに向けて、ちょっと馬鹿にしたように言った。

「あなたたちだって喧嘩してるんじゃない」

「一緒にしないでもらいたい。わたしたちがやっているのは純然たる娯楽だ。喧嘩するほど仲がいいという夫婦も喧嘩を楽しんでいるから成り立つことさ。きみが言っているのは、心を許しあう交際のために必要不可欠な試金石であり、強制的な通過儀礼だ。それを経験していないと上辺だけの薄っぺらい人間関係しか築けないと決めつけているわけだからな」

顔色を変えて言い返そうとしたエレクトラを眼で抑えて、ジャスミンは続けた。

「それを信じ込んでいる人の欠点がもう一つある。世間にはいくら手を尽くして話し合ってもどうにもならない現実があるのを認めようとしない。何でも話し合いで解決できると思っている点だ」

図星を指されたのか、エレクトラはぐっと詰まり、挑戦的な眼でジャスミンを見上げてきた。

「違うって言うんですか？」

「譲歩と妥協は違う。わかり合うことと我慢も違う。きみの言う話し合いをすれば、キースはご両親への挨拶を承諾《しょうだく》するかもしれないが、それはきみの意見を尊重したからなんかじゃない。やいのやいのと文句を言われるのが鬱陶しいからだ。ちょっと顔を出して適当に挨拶してやれば彼女も満足するだろう。その程度にしか考えていない。さぞかし誠意のない、ふざけた挨拶をしてくれるだろうよ」

「あなたにキースの何がわかるって言うんです！」

ジャスミンはことさらエレクトラの不満と激情を煽《あお》るような挑発的な顔で笑ってみせた。

「そうだな。その男がわたしが懸念《けねん》しているようなろくでなしではないというなら、まずは何が何でもご両親のところに挨拶に行かせて、ご両親の口から『立派な若者だ』と評価してもらおうじゃないか」

「いいですとも！」

こうなったら彼女は止まらない。猛然とキースに攻勢を掛けるのは必至である。

余計なお節介だったかもしれないが、これで娘の両親と男との対面はほぼ実現するだろう。

後は娘の父親に（もちろん母親にも）何とかしてもらおうとジャスミンは思った。


一方、先に非常口を出たケリーは階段を上がって、そこにあった扉の開閉装置を操作した。

扉の向こうは通路の行き止まりのような場所で、周囲にはまったく人気がない。

扉を振り返ると、『資料倉庫』とあった。

こちらから操作しても扉は開かない。地下で働くロムリス夫妻専用の非常口らしい。

あの夫妻はかなり特殊な労働環境にあるようだと思いながら、ケリーは通路を進んだ。

一度曲がると洗面所があった。二度曲がると急に視界が開ける。

そこが市庁舎の一階だった。

閑散《かんさん》としていた政府庁舎に比べ、こちらは様々な手続きに来た市民で賑《にぎ》わっている。

窓口で職員が応対している。その後ろにはかなり広い待合い場所がつくられている。

ゆったりとした大きな長椅子がいくつも置かれて、市民が思い思いにくつろいでいる。

その中に知った顔があった。

向こうも気がついて立ち上がり、笑顔でケリーに歩み寄って右手を差し出してきた。

「昨夜は妹がお世話になったのに、挨拶もせず申し訳ありませんでした。エクルンド・シノークです」

明るいところで見ると一段と見どころのある青年だった。肌は白く、髪も淡い金髪だが、人目を惹《ひ》く力強さと華やかさは妹に共通している。父親譲りの灰色の眼は弟もそうだったが、弟の眼が思慮深さを表しているのに対し、こちらは才気煥発《かんぱつ》だ。

差し出された手を軽く握ってケリーは言った。

「兄妹で苗字が違うのか？」

「両親も夫婦で苗字が違いますから」

「違いない。――ケリー・クーアだ」

エクルンドはケリーが出てきた方向に眼をやって、小声で尋ねてきた。

「そこから出てきたということは――クーアさんは両親のお知り合いですか？」

「ああ、今も女房がおふくろさんと話してるぜ」

エクルンドはますます訝《いぶか》しげに尋ねてきた。

「失礼ですが、外国の方ですよね？」

両親は極力外国人と接しないようにしているのに、どこで知り合ったのか疑問に思っているらしい。

「ご両親が中央座標《セントラル》に行った話は聞いてないのか？　そこでお会いした」

それ以上詳しいことを教える気はなかったので、ケリーは話題を変えた。

「さっき下で妹さんに会ったが、きみたちは自由にあの扉から入れるのか？」

「いいえ。係の人に言って開けてもらってます」

「ご両親はここから入ってるのか？」

「いいえ。政府庁舎の裏口からです」

「あまりいい労働環境じゃないようだが、ご両親は秘書と一緒に地下に隔離されてるのか？」

エクルンドは笑って首を振った。

「そんなことはありません。昼には外に出てますし、あそこにいるのは両親の希望ですよ。地下のほうが静かで落ち着くんだそうです」

「そもそもここの役所の人たちは、ご両親のことを知ってるのか？」

ケリーにしては珍しい質問攻めだが、あの夫妻の置かれている環境はそのくらい珍しいものだったし、興味もあったのだ。

エクルンドは頷いた。

「市庁舎の人も、家の近所の人も知ってます。ただ、暗黙の了解というか、みんな口に出さないでくれているんです。ぼくらの友達も——今はみんな東区を出てますが、吹聴《ふいちょう》しないようにしてくれてますね。——もしかしたら初めて家に遊びに来た時の衝撃が強すぎたのかもしれませんが」

「ははあ、あの顔がやっぱり恐いわけか？」

「ええ。こっちは生まれた時から見慣れてますから。友達が硬直して初めて気がつく次第でした」

ケリーは喉《のど》の奥で笑って言った。

「妹さん、例の彼氏と本気で結婚する気らしいな」

「そのようです。困ったことに。止めたんですけど、大学も辞めると言い張ってます」

「彼女は成績はいいのか？」

「トップクラスですよ。退学するなんて言ったら、真っ先に教授が止めるはずです」

「となると、学生結婚ってとこか？」

「本人はそれで妥協するつもりでいます」

エクルンドはため息を吐いたが、その顔は何やらおもしろがっているようにも見えた。

「多分そんなことにはならないと思いますけど」

「自信ありげだな？」

「いくらろくでなしでも両親に挨拶もせずに結婚はできないでしょう。うちに挨拶に来て、両親の顔を見たら、キースはその場で逃げ出しますよ」

「子どもでもあるまいに、なんで逃げるんだ？」

本当に心当たりがなかったので率直に尋ねると、エクルンドはひどく興味をそそられた顔でケリーの長身を見上げてきた。

「あなたは平気なんですね」

「何がだ？」

「うちの両親と話していて平然としていられる人を、ぼくは僧院の高僧以外に知りません。首相でさえ、年下の母に敬語で話しているくらいなんです」

「それは高僧が畏敬《いけい》の対象だからだろう」

「それ以前に普通の人じゃないからですよ」

ケリーは思わず苦笑した。

「おいおい、自分の親だろうが」

「だからですよ。ぼくも妹も子どもの頃はあれが普通だと思ってました。友達の家へ遊びに行くようになって、その親を見てどれだけ驚いたと思います？子どもが隠れてやる悪戯に親が気づかないなんて！うちでは絶対あり得ないことです」

エレクトラと話している時のジャスミンと同様、ケリーもやれやれと肩をすくめた。

この兄妹にとって両親は非常に大きな存在であり、なおかつ普通ならもっと幼い頃、友達にするはずの『うちの親ってこんなでさあ……』という愚痴《ぐち》もこぼせず、口にすることもできなかったのだろう。

「子どもには息苦しい家庭だったのか？」

「いいえ。逆です。いっさい口出ししない親でした。ほとんど放任主義と言ってもいいくらいです。ただ——肝心《かんじん》なところで手綱《たづな》を締めてくるんですよ」

「たとえば？」

「知恵がついた後は友達を見習って、小さな悪さは隠すようにしたんです。親は何も言わなかったので気づかれていないと思っていたんですけど、実際は見逃してくれてたんでしょう。大きな悪戯には釘を刺されましたから。決定的だったのは……」

エクルンドは辺《あた》りを見渡して声をひそめた。

「高校に入った後、当時の彼女と旅行に行く計画を立てたんです。泊まりで。ぼくは彼女の家に何度も遊びに行ってて、彼女の親にも気に入られてました。だから、彼女もぼくと——ボーイフレンドと旅行に行くんだって、ちゃんと自分の親に話してました」

高校生になると恋愛も自由という風潮が中央では一般的だ。女の子の親も闇雲《やみくも》に禁止したりはせず、相手の男の子次第で交際を許している。

トゥルークもそれに倣《なら》っているらしい。

「ただ——ぼくは親に言えなかったんです。彼女がいることも、一緒に旅行に行くことも」

「話の腰を折るようで悪いが、それはご両親の教育方針だったのか？」

「いいえ。ぼくの気持ちの問題です。なんて言うか

――気恥ずかしくて。だから、親には男の友達との旅行だとごまかして説明しました。そうしたら旅行前日になって、父が突然言ったんです。『その子のご両親はご存じなのか？』って。もう、背中に氷を突っ込まれたかと思いましたよ」

エクルンドはしどろもどろになりながら、彼女の両親とは顔見知りであること、今回の旅行のことも彼女の両親は知っていると話した。

「そうしたら今度は『男の義務として避妊具だけは忘れずにいなさい』って言うんですから、ほんとにもう……生きた心地がしませんでしたよ」

真っ青になるやら真っ赤になるやらのエクルンド少年の心境を思ってケリーは微笑した。

「いい親父さんじゃないか」

「はい。尊敬する父親です」

「おふくろさんは？　どんな母親だ」

「父と同じくらい尊敬してますよ。――というより、母のほうが恐いんです」

何でも見破られそうな気がして――と笑いながらエクルンドは続けた。

「今日も親には黙って来たんですが、いつ行ってても驚いたりしないんです。こっちが行くのがわかっているみたいで。滅多に行き違いにならないから楽は楽ですけど」

「実際おふくろさんが言ってたぜ。嵐が来るって」

「やっぱり……。家でもよくあったんです。連絡もないのに、『お客さまがいらっしゃるようだ』って、急に言い出して支度《したく》を始めるんですよ」

「で？　百発百中か」

エクルンドは肩をすくめる仕草で答えた。

そんな例なら枚挙に暇《いとま》がないほどあるらしい。

言い換えればそのくらい感応力が鋭い人でないと高僧にはなれないということだ。

「きみたちは僧侶にならなかったんだな」

エクルンドは驚くべき判断力と推察力を発揮《はっき》して、探るような眼でケリーを見た。

「——弟に会ったんですか？」

「ああ。サリザンだってな」

「ええ、あの若さでね。本当に異例のことです」

「年齢が何か関係あるのか？」

「ありますよ。普通、サリザンになるのは最低でも——五十歳くらいかな？」

「何？」

意外の声を発したケリーだった。

「ちょっと待て。それじゃあご両親はどうなる？」

エクルンドは無言で首を振って、説明した。

「僧位を移るのはそう簡単にはできません。普通は年に一度の機会なんです。ディグランから最上位のライカーンまで最低でも三十二年掛かる計算です。そこからザンテスまでがまた長い。十年かかる人もいるくらいです。小さい頃に入門して修行を続けていた人なら四十歳くらいでザンテスを拝命する例もありますが、これでもかなり早いほうですね」

話の途中だが、ちょっと引っかかって、ケリーは横道に逸《そ》れる質問をした。

「ザンテスは男の僧でもザンテスなのか？」

「三十二階と高位を全部合わせて、男女で呼び名が変わらないのはザンテスとディマントだけです」

「他は全部、呼び名が違う？」

「そうですよ。女僧なら一番下の位《くらい》がディガール、次がエロール、シオナ、フェイノア、ルクセール、セリーヌ……」

「一般人なのにずいぶん詳しいな」

エクルンドはすまして言った。

「これ、トゥルーク人なら誰でも言える常識です」

「その中でザンテスとディマントだけが同じなのは何か意味があるのか？」

「この二つはサリザンになるための——ゴオランになるための準備期間に当たる位なんです。ですから他の位と違って長くいる人はいません。ザンテスを拝命したら直《じき》にサリザン、女僧の場合はサザールに上がるのが普通です。ディマントも同様で、すぐにゴオランかゴラーナに移ります」

「へえ……」

　四十年もその位に居続けている人にさっき会ったばかりだとは、ケリーは言わなかった。

「とにかく、通常は今言った順序で位が上がります。もちろん、現実にはそこまで上がらない人のほうが圧倒的に多いわけですが——ライカーンになってもそこからサリザンに移れる人はほんの一握りに過ぎませんからね。ですけど、ごく稀《まれ》に、この順序とは全然別の段階を進む人が現れるんです」

「つまり——飛び級コースがあるわけか？」

「飛びはしないですよ。正しくは短縮《たんしゅく》コースです。次の位まで一年かかるところを一月で終えたり——極端な場合は一日で終えたりするんです」

「どういう人が短縮コースを進むんだ？」

「ぼくにはわかりませんが、両親も弟もそっちです。弟は父と母の血を受け継いでいることを見事に証明したわけです」

　ケリーは黙って青年の金髪を見下ろした。

　彼はさばさばした顔で小さく息を吐いている。

「ぼくと妹は弟のようになれなかった。なれなくて幸いだったと思っていますが」

「言わせてもらえば、音楽家の子どもが皆、優れた音感を持つわけじゃないし、運動選手の子どもが皆、運動神経がいいかっていったらそんなことはないぜ。それとも——ご両親はきみたちが僧侶にならなくて残念だとでも言ったのか？」

「いえ、それも逆なんです。普通に生まれてくれて嬉《うれ》しいと言われました」

「じゃあ、何が問題なんだ？」

　エクルンドは小さく吹き出した。

「やっぱり、あなた、変わってますね」

「はん？」

　エクルンドはよく輝く灰色の眼でケリーを見た。色こそ違うが、陽気で聡明な光を浮かべた目元は彼の妹によく似ていた。

「普通じゃない人には普通に生まれてしまった者の気持ちなんかわからないってことですよ」

「それはお互いさまだ。普通じゃない者の気持ちも普通の人間にはわからないぜ」

「言いますね」

エクルンドはにやっと笑った。

「わかる気がするな。あなたも奥さんもどう見ても――一般人じゃないから」

『資料倉庫』に続く通路から一般人とは言いがたい奥さんと、エレクトラがやって来るのが見えた。

二人は何か口論していた。正確にはエレクトラが眉《まゆ》を吊《つ》り上げてジャスミンに突っかかっているので、エクルンドが慌《あわ》てて二人の間に割って入った。

「エレ、よせって」

「黙って、エック。あたしこの人に話があるの」

彼女は兄をエックと呼んでいるらしい。

ジャスミンはと言えば、向きになるエレクトラをおもしろがってさえいるようだった。


「きみの言う愛情表現とはどういうものだ。人前で夫と抱き合ったりキスしたりしろという意味なら、それはできかねるな」

黒い瞳が危険な色を孕《はら》んでジャスミンを睨《にら》みつけ、同罪とばかりにケリーも睨んでくる。

「夫婦ならそのくらい当然のことなのに、どうしてできないんですか」

ケリーは『またそれかよ』と呆れながら言った。

「お嬢さん。それは俺と女房の問題だ。赤の他人が口出しすることじゃない」

「夫の言うとおりだ。それはきみの当然であって、わたしたちの当然ではない」

「だいたい、俺とこの女の図体《ずうたい》だぞ。人前で堂々といちゃついたりしたら迷惑極まりないだろうが」

「そうとも。ほとんど公害だぞ」

ここまできっぱり断言する人妻も珍しい。

エレクトラはそれでも納得しなかった。

「じゃあ、人気のないところでは奥さんはご主人に甘えてるのね。それともご主人が甘えん坊なの？」

ジャスミンは吹き出しかけて慌てて呑《の》み込んだ。

大勢の市民がいる市庁舎の一階で笑い転げるのは迷惑極まりないからだが、ケリーもさすがに笑いを堪《こら》えかねている。

「困ったもんだ。どうやらお嬢さんには『夫婦とはかくあるべき』と信じる理想の形態があるらしいが、俺たちがその型に当てはまらないのは確かだな」

「全面的に夫に賛成だ。――そもそも十組の夫婦がいたら十通りの常識があると思って間違いない」

「そもそも、俺たちはそんなに変か？」

「同感だ。わたしたちにとってはこれが普通だぞ」

エクルンドが吹き出した。

まだ不機嫌な顔の妹に笑いながら言う。

「この人たち、すごく相性のいい夫婦だと思うぜ。さっきから息がぴったりだ」

「だから！　そこまで相性がいいなら、何でももっと仲良くできないのかってことよ」

「ちゃんと仲良くしてるんだがなあ……」

「うむ。通じないとは悲しいな」

大型夫婦は顔を合わせて頷き合い、エクルンドが妹に尋ねた。

「それより、父さんと母さんはなんて言ってた？」

「父さんは留守にしてたの。母さんは――キースはいつ挨拶に来るのかって」

ジャスミンが口を挟んだ。

「ところが、キースは彼女の両親に結婚の挨拶などしたくないそうだ。沽券に関わるらしい」

エクルンドが苦笑した。冷笑に近い笑いだった。

「エレ。その理屈が世間的に通用するのかどうか、いくら何でもわからないはずはないよな」

「……わかってるわよ。必ず説得してみせる」

こんな時の女性のひたむきな熱意は何よりも男の気を削ぐということを彼女は知らないのだ。

密かにほくそ笑んだ兄は、ふと首を傾《かし》げた。

「父さんがいなかったって？」

ケリーが言った。

「ああ、親父さんはミズ・シノークの秘書と一緒にヴィルジニエ僧院へ出かけてるそうだ」

何気ない言葉なのに、兄妹はひどく驚いた。

「僧院へ行ったんですか?」

「何で?　中には入れないのに」

ケリーとジャスミンはその言葉を聞いて初めて、僧院からの呼び出しが異例であったことに気づいた。

還俗《げんぞく》した以上は一般市民であり、かつての修行の場でも僧院内へ立ち入ることはできないのだろう。

「変だな?　サリース・ゴオランは用事があるなら家へ来るはずだし……何かあったのかな」

エクルンドは妹に問いかけたが、妹も意外そうな顔で首を振った。

「知らない。聞いてないわ」

その言葉から、この兄妹が両親の身の上に関わる一連の出来事を何も知らないのがわかる。

しかし、ケリーもジャスミンも黙っていた。


あの二人が子どもたちに何も言っていないのなら、自分たちが話すべきことではない。何よりこれ以上、話がややこしくなるのは避けたかった。


ヴィルジニエ僧院の本堂の前に、僧院の主だった高僧がずらりと顔を揃《そろ》えている。

彼らがいるのは入口の外——つまりは屋外だ。

来客を出迎えるような態勢だが、中央には椅子が置かれ、そこにアルヴィン大師が座っていた。

両脇には現在この僧院にいるすべてのドルガンとゴオランが勢揃いしていた。

といってもドルガンは四人、ゴオランは七人しかいない。これでも他の本山に比べると多いほうだが、シュヴァリンは十三人、ディマントは現在はおらず、サリザンは二十人に過ぎない。高位の僧侶とはそのくらい数が少ないのである。

ドルガンとゴオランの他にもシュヴァリンが四人呼ばれていた。彼らは先日アドレイヤ・サリース・

ゴオランが中央座標《セントラル》に赴《おもむ》いた時に随行した人々だ。
そして、彼らの正面の庭先に、ダレスティーヤと
クロエが立っていた。
僧侶でない人が山門の内に入るだけでも事件なら、
大師がこんな形で客と対面するのも異例である。
しかし、大師から訪問したのでは人目を引くのは
必至であり、二人は本堂には入れない。
「このような形でお呼びたてして申し訳ありません。
ミスタ・ロムリス」
百歳に近い高齢になってもアルヴィン大師の声は
力強く豊かに響き、その言葉は極めて明瞭《めいりょう》である。
ダレスティーヤは白い頭を傾けて一礼した。
「あなたを前に膝《ひざ》を折らぬ無礼をお許しください。
アルヴィン大師」
隣でクロエ・ブレメルも同様に頭を下げている。
二人ともスーツ姿で革靴《かわぐつ》を履《は》いている。この姿で
庭先で座禅《ざぜん》を組むのは無理がありすぎる。
大師が言った。
「現在の状況をご存じでありましょうか」
「それを伺《うかが》いに参りました」
大師がシュヴァリンの一人に眼をやった。
この人はファビオ・ボラール・シュヴァリン。
『大いなる闇』の姿をその眼に確かめ、その言葉を
実際に耳にした一人として彼は言った。
「現在、他の本山には大いなる闇が顕現《けんげん》されたこと、
ミスタ・ロムリスにはクレイス・ゴオラン、ミズ・
シノークにはマリス・ゴラーナの名が似合うと仰せ
であったこと、さらにドルガン及びドガールの名の
ほうが似つかわしいのではと仰せられたことを伝え、
最終的な判断を待っているところです」
「判断を待つとは？」
「大いなる闇のお言葉をお認めになることです」
ダレスティーヤはゆっくり首を振った。
「ボラール・シュヴァリン。それは——あまりにも
無謀に過ぎましょう。到底、他の本山が認められる
お話ではないはずです」

「お言葉ですが……ミスタ・ロムリス」

クレイス・ゴオランと、かつてのように呼ぼうとしたのを何とか堪えてシュヴァリンは続けた。

「わたしは神に誓《ちか》って真実を述べております。この耳で確かに大いなる闇のお言葉を聞きました。他のお三方も、あの方のお言葉は耳にしておりませぬが、お姿は間違いなく眼にしているのです」

その三人のシュヴァリンは頷き、口々に言った。

「あの方は紛《まぎ》れもなく大いなる闇でございます」

「我らの眼にもそれはしかと窺えました」

「お言葉を耳にしたのはボラール・シュヴァリンお一人ですが……」

『大いなる闇の顕現』は間違いなく現実にあったと、彼らも証言に加わっているところだという。

意味が理解できずに首を傾げたダレスティーヤにアルヴィン大師が言った。

「各本山から引きも切らず問い合わせがありまして、現在こちらの皆さんは、特にサリース・ゴオランとボラール・シュヴァリンは修行も後回しにしてその対応に当たっております。追いつかないのですよ」

つまり同じことを既に三十回は言ったのだろう。

もしかしたら何度も繰り返し説明しているのかもしれない。ダレスティーヤは大師の横に控えているかつての弟子を何ともいえない眼で見つめ、大師に視線を戻して、はっきりと言った。

「わたしも妻も僧侶に戻るつもりはありません」

大師は深い息を吐いて、ゆっくり首を振った。

「ミスタ・ロムリス。ことはもうそれではすまないところまで来ているのです」

「どういう意味でしょうか」

「それではあなたをゴオランと呼んだ大いなる闇のお言葉が成立しなくなってしまうのです。必然的に、そのお言葉を耳にしたとするサリース・ゴオランとボラール・シュヴァリンの主張もまた嘘だとされてしまうことになる」

「それは曲解が過ぎましょう。あの方は、ご自分の意見を述べられたまでのこと。必ずしもそうせよと命ずるものではなかったはずです」

大師はゆっくりと首を振った。

「俗世に還《かえ》ったあなたを煩《わずら》わせたくはないのですが、問題にされているのはあなた方の僧籍回復ではなく、かつての天啓の真偽です」

「わたしは神に誓って真実を申しました。今は妻となったマリス・ゴラーナもです。間違いなく天啓を受けたのです」

「わかっております。だからこそ、わたしはあなた方お二人を祝福しました。しかし、他の本山は――口にするのは憚《はばか》られますが、今から思うと――半信半疑だったのでしょうな」

他の高僧たちがかすかに頷いている。

彼らは昔からダレスティーヤとエルヴァリータに同情的だった。

それは二人の間に淫《みだ》らがましいことなどいっさいなかったと知っているからでもあり、二人の優れた人格を慕《した》っていたからでもあった。

大師が続けて言う。

「今回のこともそうです。ここにいる者は誰も嘘を言うことはできません。他の本山は『大いなる闇が顕現された』というゴオランやシュヴァリンの弁を――戒律に則《のっと》って信じなくてはなりません。しかし、サリース・ゴオランが今もあなたを師と慕っていることは各本山も承知の事実。それ故、信じたくとも信じ切れないというのが正直なところなのでしょう。あなた方には黙っていましたが、他の本山の主張はあの時も今回も同じです。その啓示が本物ならば、なぜ自分たちには何もないのかということです」

ダレスティーヤの浅黒い顔に困惑が浮かんだ。

「それは……わたしに言われましても……」

「ごもっとも。大いなる闇の都合を一介の人の身に問われても困るばかりです」

歳は取っても融通無碍《ゆうずうむげ》の大師は飄々《ひょうひょう》と言ったが、表情には深い憂《うれ》いがある。

「しかしながら、問題は、三十の各本山がどうやらそのように思っているということです。その啓示が本物であるならば、他の本山の高僧にも何かしらの知らせがあるはずだと。それが何もない。すなわち真の天啓であったかどうか疑わしいと」

言いがかりも甚《はなは》だしいが、要するに他の本山は、総本山のヴィルジニエ僧院だけに神が何度も啓示をくだされたということを認めたくないのだ。

自分たちも同じ本山だという誇りもあり、意地もあるのだろう。

ダレスティーヤは深く嘆息《たんそく》した。

「困りましたな……」

「はい。まことに困っております。何分ドルガンの拝命となると、各本山の総意が必要ですのでな」

「ですが、お話から察するに、各本山はそのような総意は決して出しますまい」

「そのとおりです」

ダレスティーヤは真摯《しんし》な表情で半歩進み出た。

「大師。わたしに何かできることはありますか？」

「お呼びだてしたのはそのことなのです。その方は――顕現された大いなる闇はストーク・サリザンの友だそうですな」

「はい」

「とても信じがたいことですが、一人の学生として、連邦大学に在籍しておられると」

「はい」

「各本山がそれを知れば、間違いなく、自分たちも拝謁《はいえつ》の栄に与《あずか》りたいと希望するでしょう。しかし、その希望をかなえることは……」

アドレイヤが重々しく断言した。

「非常に危険であると申さざるを得ません」

ボラール・シュヴァリンも青ざめた顔で言う。

「あの方は仰せになりました。この身はあくまでもストーク・サリザンの友であり、神などではないと。――わたしには正直、理解できませぬが、あの方が崇《あが》められるのを好まぬことだけは確かです」

それは実際にその人と相対したダレスティーヤとクロエも感じたことだった。

大いなる闇は紛れもなく人外の存在でありながら、敬われることをひどく忌み嫌っているのだ。

アルヴィン大師はダレスティーヤとクロエを見て、優しく言ったのである。

「ですから、ミスタ・ロムリス。あなたも奥さまも、無論ミズ・ブレメルも何もしてくださいますな」

「大師……」

「これは僧籍にある者の問題です。あなた方は既に俗世に還った身ですから。もしかしたら、各本山があなた方に何か言ってくるかもしれませんが、その時はどうか、知らぬ存ぜぬを通していただきたい」

ダレスティーヤの背後でクロエが息を呑んでいる。

この事態がどんな収束を迎えるのか、クロエには想像もつかない。だが、アルヴィン大師がかつての教え子を守ろうとしていることだけはわかる。

大師は椅子から立ち上がり、皺《しわ》の深くなった顔で、にっこりと二人に笑いかけて合掌《がっしょう》した。

「久しぶりにお健やかなお顔を見ることができて、懐《なつ》かしく、嬉しく思いましたぞ。奥さまにも何とぞよろしくお伝えください」

一礼した大師が本堂に入っていくのに従い、他の僧たちも次々に一礼して下がっていった。その際、大師が座っていた椅子もちゃんと持って中に入る。

ダレスティーヤはその一人に声を掛けた。

「サリース・ゴオラン。少しよろしいでしょうか」

呼びかけに応えてアドレイヤが足を止める。

他の僧侶がすべて本堂に入った後、クロエは気を利かせてダレスティーヤに囁《ささや》いた。

「先に車でお待ちしています」

彼女が山門のほうへ歩いて行くと、本堂の前には、顔に同様の刺青《しせい》を入れながら服装はまったく違う、かつての師と弟子の二人だけが残された。

ダレスティーヤが深い嘆《なげ》きの口調で言う。

「あなたを守るためにしたことが却《かえ》ってこのような

事態を招こうとは……」

「いいえ、お師さま。わたしはあの場所であの方にお目にかかったこと、あの方があなたをドルガンと呼んだことこそが天啓であったと思っております」

アドレイヤは今はいないその人を脳裡《のうり》に浮かべて合掌した。

「あの方はお会いするたびにご様子を変えられます。受ける印象も異なります。弟子を叱ったボラール・シュヴァリンに向けられた、あのお顔を見た時には――歯の根が合わぬ思いが致しました」

「わたしもです」

その点は素直に認めたダレスティーヤだった。

「その上で申します。あの方のことは他の本山には言わぬほうがよいとご忠告申し上げたはずです」

「お師さま。お察しください。ドルガンの位が持ち出された以上、それはできぬことだったのです」

二人はしばらく無言で立っていた。

「アドレイヤ」

昔のように弟子の名前を呼び、ダレスティーヤは口調もかつてのそれに戻して言った。

「先も言ったが、わたしは僧侶に戻るつもりはない。だが、あなたやボラール・シュヴァリンが理不尽に疑われている現状を見過ごすこともできない」

「お師さま……」

「わたしのことはともかく、あなたの弁の正しさを各本山に知らしめなくてはならない。このままではあなたの立場が危うくなる」

「かたじけないお言葉ですが、わたしは己が聞いたあの方のお言葉を繰り返すのみです」

ダレスティーヤは首を振った。

そんな消極的な態度では事態は何も好転しないということを、長年社会生活を送った彼は知っていた。

高僧と言えども人間である。

欲や妬《ねた》みは修行で克服し、『ない』ことになっているが、完全に抹消するのは難しいのだ。

ダレスティーヤは声を低めて、弟子に思い切った

提案をしたのである。

「いっそのこと、あの方にお願いして、一度だけ、僧院にお越しいただくわけには参らぬだろうか？」

アドレイヤは息を呑んで、首を振った。

「到底かなわぬことでございます。あの方は決してご承諾なさいますまい」

「では、こちらから礼拝に伺うのは？」

「お師さま。それこそは最悪の事態を招きます」

顔色を変えてアドレイヤは訴えた。

「大いなる闇に礼拝ともなれば、各本山はゴオラン以上の高僧を向かわせるでしょう。その一人につき随行のサリザンかシュヴァリンが四人、ソワントが十人、護衛としてつかねばなりません。それを三十の本山すべてで行ったら——正装した高僧を含めて四百五十人もの大集団が形成されてしまいます」

ダレスティーヤは深いため息を吐いた。

「トゥルーク政府も受け入れる連邦大学も何事かと血相を変えるのは必至か……」

「それ以前の問題です。あの方は、わたしが大学でお目通りした時も決して跪《ひざまず》いてくれるなと厳しい口調で仰せでありました」

「無茶を言われるものだ……」

「はい。あの方を前に膝を折らずにいることなど、各本山の高僧にはとてもとてもできますまい」

両者ともに大真面目な会話だった。

アドレイヤが難しい表情で言う。

「確かに、おっしゃることはわかります。あの方のお姿を一目でも眼にすることができれば、各本山はわたしの言葉に嘘がないことをたちどころに察してくださるはずです。それどころか、トゥルーク中の高僧があの方の前にひれ伏すことでしょう」

「だが、それはあの方の不興を買ってしまうと？」

「おっしゃるとおりです」

ダレスティーヤはまたしても嘆息して、ゆっくり白い頭を振った。

「よもや今になって『ありがた迷惑』という言葉の

真意を知ることになろうとは……」

「お師さま……」

サリース・ゴオランが絶句する。

「なりません。そのようなことをおっしゃっては」

「あの方のお叱りはわたしがこの身にお受けする。今は何よりあなたが気がかりだ」

ダレスティーヤは口調を戻して言った。

「あなたにはいかなる傷もついてほしくないのです。ましてや、わたしのことなどでは。あなたはいずれ、この僧院を背負って立つ方におなりでしょうから」

アドレイヤは自分といくつも違わない若い師匠を静かに見つめて言った。

「それは——あなたの役目でこそあったものでした。わたしはその横に立つ者でありたかった」

小さく笑ってアドレイヤは続けた。

「ウリル・サザールが羨《うらや》ましかった。あの人は実に潔《いさぎよ》くゴラーナと運命をともにすると言われました。自分もどれほどそうしたいと思ったことか……」

「申されますな」

ダレスティーヤはやんわりと昔の弟子を制した。

鈍《にぶ》い銀に見える彼の灰色の眼にも、アドレイヤの金水晶のように輝く瞳にも、遠く過ぎ去り、ともに修行した懐かしい日々が見えていた。今では立場は変わったが、心は少しも変わらない。

アドレイヤは合掌し、微笑を浮かべて言った。

「お師さま。ご案じなさいますな。全ては在《あ》るまま、在るがままです」

ダレスティーヤも同様に合掌した。

「いかにも。あなたに大いなる闇のご加護があらんことを祈っております」

8

パーヴァル国際宇宙港を出航し、やっと見慣れた宇宙に戻ったケリーとジャスミンは開放的な気分を味わっていた。地上にいたのはわずか二日だったが、その二日が恐ろしく長かったのだ。

ダイアナに至っては言うに及ばずだ。感応頭脳の彼女が『踊り出しそうな』はしゃぎぶりである。

「あんなに窮屈《きゅうくつ》な思いをしたのはしばらくぶりよ。もう二度とあそこには入りたくないわ」

「俺もさ。まったく参ったぜ。——できることなら二度とあの星には降りたくねえ」

「わたしも極力そう願いたい」

三人の意見は見事に一致していた。

まもなく連邦第八軍の護衛部隊が到着する。

それを受けて待機中の貨物船が出港する。

ダイアナは何とかパーヴァル国際宇宙港の管制に潜り込み、護衛部隊との通話の傍受《ぼうじゅ》に成功した。

「今回、出港する貨物船は全部で八隻。四隻ずつが第四、第七惑星に向かうんですって」

「八隻だけなのか？」

「ええ。駆逐隊《くちくたい》も八隻だからちょうどいいみたい。ヘネカー大佐の第８４５駆逐隊は第七惑星に向かう四隻を護衛し、クロスビー大佐の第３６１駆逐隊が第四惑星に向かう四隻を護衛するそうよ。貨物船一隻につき一隻の駆逐艦がつくなんて、ずいぶん豪勢な護衛よね」

「豪勢すぎるぜ」

ケリーは呆《あき》れて言い、ジャスミンも苦笑した。

「今までしてやられてばかりだからな。今度こそは何が何でも船を目的地に届けてやるという連邦軍の気合いの現れだろう。——どんなに餌《えさ》が魅力的でも、これでは海賊は出てこないかもしれないいな」

「かもじゃねえ。こんな状況で連邦軍に真正面から喧嘩《けんか》を吹っ掛ける馬鹿はいねえよ。――特に今時の海賊にはな」

昔は違った。

何百人もの部下を従え、入念に武装した船を操り、軍艦にも怯《ひる》まず戦いを挑《いど》み、互角以上に渡り合える大海賊が何人もいたのだ。さらに遡《さかのぼ》って海賊団と呼ばれる大規模な組織が共和宇宙を席巻した時代もあったが、既に半世紀以上も前のことだ。

「もっと緩《ゆる》い護衛にするよう、首相に頼んでおけばよかったかな?」

ジャスミンが大真面目に物騒なことを呟《つぶや》いている。

ケリーはふと思いついたように言った。

「ダイアン。宇宙港の管制は護衛部隊が来ることを八隻の貨物船の船長にいつ話したんだ?」

「ついさっき。ほんの五分前よ」

「宇宙港内の職員には説明したのか?」

「いいえ。そもそも護衛部隊は入港しないんだから、話す理由がないわ」

「その後の貨物船の様子は? 船長たちは乗組員に護衛部隊のことを話したか?」

「もちろんよ。船内一斉放送で『連邦軍の駆逐隊が護衛についてくれるので海賊に襲われる心配はない、安心して業務に励《はげ》んで欲しい』ですって。八隻とも高らかに安全を宣言してるわ」

「そりゃあいい」

ケリーは満足そうに笑い、ジャスミンも頷いた。

「追う理由ができたな」

これでもし海賊船が出てこなかったら、内通者は貨物船の乗組員もしくは宇宙港の管制と特定できる。

逆に内通者が荷物の積み卸《おろ》しに当たる人間なら、護衛部隊の存在をまだ知らないでいる可能性が高い。のこのこ船を襲いに来る可能性は充分あるのだ。

実際に獲物に近づいて四隻の駆逐艦に気づいたら尻尾を巻いて逃げ出すだろうが、それで充分だ。

「ダイアン。おまえの出番だ。探知範囲を最大限に拡大しろ。ちらっとでもそれらしい船を見つけたら——わかってるな？」

「いやねえ、誰に言ってるの？」

ダイアナは自信たっぷりに笑ったが、ふと表情を引き締めて言った。

「出港許可が下りたわ。貨物船が出てくるわよ」

すかさずジャスミンが夫に尋ねた。

「どっちを追う？」

ケリーは少し考えて答えた。

「——第四惑星に向かうほうだ。航路から割と近い宙域に小惑星帯がある」

隠れて獲物を待つにはうってつけである。

第四惑星に向かう四隻の貨物船《ライトフット》、《アフロス》、《オサリバン》、《ディル》は一定の距離を開けながら速度を同調させて同じ方向に進み、宇宙港から離れた宙域で護衛部隊と合流した。

第３６１駆逐隊は四隻のプロフェット級駆逐艦で構成されている。《ミルフォード》、《ネイピア》、《バレット》、そして《フリーマン》である。

旗艦は《ミルフォード》。司令のクロスビー大佐はこの駆逐艦に乗艦している。

真っ暗な宇宙空間に貨物船と駆逐艦の色鮮やかな外部灯が煌《きら》めいて幻想的な景色をつくっていた。

その光の集合体が同じ方向に進み始める。

《パラス・アテナ》も密かに動き出した。こちらはもちろん無灯火である。

八隻の背後から、駆逐艦の探知機に捉《とら》えられない、ぎりぎりの距離を保ってついていく。

第四惑星までは通常航行でおよそ六時間の予定とダイアナは告げて、不満そうに付け加えた。

「跳躍すればもっと早く行けるのに、現場の宙域で磁気異常が発生しているみたいなのよ」

「いいさ、のんびり行こうぜ」

貨物船はもともと足の速さを期待されるものではない。荷物を安全確実に運ぶことを求められる船だ。

当然、こっそり後をつける《パラス・アテナ》も

かなり速度を落としていた。

後はダイアナが不審な船を発見できるかどうかが勝負だから、ケリーもジャスミンも何もすることがない。操縦席に身体を伸ばしながらケリーは言った。

「こういう時はおまえが機械で本当にありがたいと思うぜ。疲れるってことがないからな」

「あら、わたし一人に働かせる気？」

文句を言いながらもダイアナは楽しそうだ。

ジャスミンも自動機械にお茶を運ばせて、自分の席でくつろいでいた。時間があったので夫を相手に少しばかり会話を楽しむことにする。

「なあ、海賊。ショウ駆動機関《ドライヴ》の登場以前に海賊がたびたびカトラス星系に現れて、トゥルークに害を為《な》していたのはどういうからくりなんだ？」

「あれはなあ。実を言うと俺も人伝《ひとづて》に聞いただけで、詳しいことは知らねえんだが……」

そう前置きした上でケリーは言った。

「ここの《門《ゲート》》は開かずの《門《ゲート》》として有名だが、実際はちょくちょく開いてたのさ」

「そこがわからない。いつ開くかわからないから、連邦は《門《ゲート》》の開閉状態を調べる観測機を設置していたんだろう。そんなに頻繁《ひんぱん》に開いていたなら必ず反応が出たはずだぞ」

「ところが、あの観測機には盲点がある。一定時間以上開いていないと『開いた』と認識しない点だ」

交通手段として使うものだから、外洋型宇宙船が重力波エンジンを作動させて《門《ゲート》》と共鳴し、跳躍予備動作に入り、無事に跳躍終了するまでちゃんと開いていてくれないと話にならない。一連の動作の途中で『閉じました』では洒落《しゃれ》にならないのだ。

「跳躍終了までに要する時間は標準的な宇宙船で、どんなに早くても五分とされていた。つまり、あの観測機は最低でも五分間は開通状態を保って初めて、《門《ゲート》》が開いたと認識する仕組みなんだよ」

「――ここの《門《ゲート》》の開通時間は？」

「そこが人伝であやふやなんだが、平均して約一分半ってとこらしい。その時間内に跳躍を終えるのはかなりの離れ業《わざ》だ。まともな船はまずやらねえよ。おまけに、いつ開くかは俺も本当に知らん。かなり変則的な法則があるらしくてな」

「当時の海賊はその法則を熟知して、そんな危険な跳躍を敢《あ》えて何度もやったのか。なぜだ？」

「首相が言ってただろう。第四、第七惑星では船の外装に使う合金の原料が取れるって。多分、それが目当てだったんじゃねえか」

だが、居住不可能型惑星では食料は手に入らない。トゥルークを襲ったのは多分その辺《あた》りだろう。

ジャスミンがため息を吐《つ》いた。

「そこで迎撃兵器の登場か……その《門《ゲート》》はどこにあるんだ？」

ケリーが答えるより先に、ダイアナが叫んだ。

「前方左手に跳躍反応《ドライヴ》！」

「正気かよ⁉」

言った時にはケリーは跳ね起きている。

すぐ近くを護衛に囲まれた貨物船が航行中なのだ。

パーヴァル国際宇宙港がこんな宙域に跳躍許可を出すわけがない。つまりはトゥルークの許可を得ず、カトラス星系に跳躍してきた領海侵犯船だ。

ケリーは一気に船を加速させた。共和宇宙広しといえども速度で《パラス・アテナ》に匹敵《ひってき》する船は滅多にない。みるみるうちに怪《あや》しい船に接近したが、ダイアナが戸惑ったように叫んだ。

「待って！　ケリー、何だか変よ」

その言葉の意味は船を視認できる距離に近づいて明らかになった。どう見ても非武装の民間船なのだ。

「型式は——ブラッドストーン社製Ｓ２２１、通称アルダビラ号。最新型の豪華快速船だわ」

外洋型宇宙船は全般的にかなり値の張るものだが、ステイタス・シンボルとしての要素の強い快速船はその中でも桁《けた》が違う。

文字通り眼の玉が飛び出そうな価格がするもので、海賊行為を働くにはには極めてふさわしくない船だ。

「場違いにも程があるぜ……」

ぼやきながらも相手の素性を確かめようとした時、《パラス・アテナ》の通信画面が起動した。軍服を着た男の顔が映り、操縦室に鋭い声が響き渡った。

「こちらは共和宇宙連邦第八軍第361駆逐隊所属《フリーマン》。わたしは駆逐艦長のミラン中佐だ。貴船の所属を明らかにされたし」

クロスビー大佐もまた突然の跳躍《ドライヴ》反応を感知し、確認のために《フリーマン》を寄越したのだろう。

そして駆けつけてみれば無灯火の船がいたわけで、中佐はこれも無視できないと判断したのだ。

さすがに抜かりはないと苦笑しながら、ケリーは通信に応えた。

「こちらはルンドの地質調査船《パラス・アテナ》。船長のケリー・クーアだ。ミラン中佐、先に言うが、俺はちゃんと入国許可を取ってるぜ」

見知った顔になれなれしく話しかけられてミラン中佐は眼を見張ったが、すぐに謎の快速船に厳しい口調で問いかけをした。

領海侵犯をしたのがこの船なのは明らかだからだ。

ところが、新たに通信画面に映ったのは、ひどく青ざめた若い男の顔だった。

「あの、すみません……こんなつもりじゃ……」

駆逐艦のお出ましに動揺し、怯えきっているのは間違いないが、ミラン中佐はにこりともしなかった。

「貴船は明らかに領海を侵している。速やかに船長もしくは船長に準ずる人が姓名を名乗った上、船名及び船籍を明らかにする必要がある。拒否するなら害意があるとみなさざるを得ない」

「ちょっ！　ちょっと待ってくださいよ！　ぼくは船主のトーマス・グリフィス。この船はアドミラル船籍の《ヒルデガルド》です！」

ミラン中佐は片方の眉《まゆ》をちょっと吊《つ》り上げた。

「――《ヒルデガルド》？」

「そうです！　あの……婚約者の名前なんです」

トーマスは三十歳にもなっていない。それがなぜこんな高価な快速船の船主なのか疑問が生じるが、それは後回しだ。

「無許可でカトラス星系に跳躍した理由は何だ？」

「えっと、あの……それはですね。ほんとにこんなつもりじゃなかったんですよ……」

黙って聞いていたジャスミンが物騒に唸《うな》った。

「——主砲を一発お見舞いしてやれば、少しは舌《した》が動くようになるんじゃないか？」

「言うなよ、女王」

ケリーもまったく同感だったが、とにかく事情を聞かねばと思ったのだ。しかし、トーマスの口からしどろもどろに語られた理由とやらを聞いた二人は絶句した。まさに堪忍袋《かんにんぶくろ》の緒が切れそうになった。

何と『度胸試し』のつもりだったというのである。

彼の言葉で言う若き選良《エリート》（言い換えれば快速船をぽんと買えるような桁外れの資産家のお坊ちゃん）たちの間で、カトラス星系にこっそり跳躍して戻る『遊び』が流行《はや》っていると言われて、ミラン中佐の色白の顔が（怒りのあまり）なお白くなった。

「跳躍先がどんな状態かも他の船がいるかどうかも確かめずに跳躍したのか？　きみは自分がどれだけ危険な真似をしたかわかっているのか？」

「だ、だって一般渡航は禁止だから、他の船なんか滅多にいないって聞かされてたんです！」

軍人として訓練を受けた中佐は、激しい苛立ちと憤《いきどお》りを表情には出すまいと懸命《けんめい》に自制していた。

「きみのやったことは立派な犯罪だ。後日、連邦とトゥルーク政府両方からアドミラルに通達が行く。アドミラル当局はそれを受けてきみに事情聴取するだろうから、そのつもりで」

「えっ⁉　そんな！」

「逃げ出すのはお勧めしない。新婚旅行の行き先が連邦刑務所になってもいいというなら話は別だが。すぐに連邦警察にきみを引き取りに来てもらうから現宙点を動かないでいるように」

事務的に言い渡して中佐は《ヒルデガルド》との

通話を断ち切った。《パラス・アテナ》との通信はまだ保持して、ケリーに対しても釘を刺してきた。

「どんな調査をしているのか知らないが、無灯火は感心しないな」

「申し訳ない」

言われたとおり素直に外部灯をつけて、ケリーは中佐に尋ねてみた。

「《ヒルデガルド》に何か心当たりがあるのか？」

その口調に何かを感じたのか、中佐は少し態度を和らげて言ったのである。

「そっちはどうなんだ？」

「そりゃあ、名前くらいはな。俺だって知ってるさ。あのお坊ちゃんは知らなかったみたいだがな」

中佐の口元に微笑が浮かんだ。

「俺は伝説の宇宙海賊に夢中になった世代なんでね。時代も変わったもんだ。――では、任務に戻る」

いささか唐突《とうとつ》に言って、中佐は敬礼した。

ケリーも敬礼こそしなかったが、心から言った。

「旗艦の航海の無事を祈る」

《フリーマン》が見ているので、ケリーは外部灯をつけたまま、しおらしくその宙域を離れた。

その実、《フリーマン》が護衛部隊と合流するべく速度を上げたのを確かめると、再び灯りを消して、その後を追ったのである。

「とんだ時間の無駄だったな」

ケリーは苦笑いして話を終わらせようとしたが、ジャスミンはさっきの若造にまだ腹を立てている。

「度胸試しだ？　ふざけた話だ。それ以前に……」

ダイアナが呆れたように後を受けた。

「ええ。よりにもよって《ヒルデガルド》とはね。最愛の彼女の名前だとしても、この五十年間、その名前をつけた船はなかったはずよ」

ケリーも先程とは違う苦い笑いを浮かべた。

「つけたくてもつけなかった。意図的に避けるのが暗黙の礼儀であり敬意でもあったんだがな。そんな仁義も若い連中には通じないか……」

《ヒルデガルド》とはグランド・セヴンと呼ばれた伝説の大海賊の一人、グレン・ロスの船の名前だ。

自分の船に恋人や妻の名前をつける男は多い。

ヒルデガルドは女性の名前としてそれほど珍しい部類ではない。船乗りの中にはその名前の妻を持つ男も少なからずいたと思われるが、当時はその名を自分の船につける男は一人もいなかった。

海賊船と間違われては目も当てられないからだが、グランド・セヴンへの尊敬《リスペクト》の意味もあったのだ。

《ヒルデガルド》は一隻だけだと。

グランド・セヴンのグレン・ロスの船——通称教授《プロフェサー》ロスの船一隻だけでいいのだと。

怒りを収めたジャスミンが感慨《かんがい》深げに言った。

「確か、もう一隻、女性の名前の船があったな？」

「《アルベルティーナ》だ。船長は特攻ランバルト。威勢のいいおっさんだった」

「その人は——あの映画撮影には来なかったな」

「ああ。一応、声は掛けたんだがな。何しろ当時は《門《ゲート》》航法だ。それも非合法のな。状態が悪くて跳べなかったとしても仕方がない」

「それと、もう一人、来なかったのが……」

「《ブルーライトニング》。ブルズアイジャックの船だ」

「わたしはとうとうそのお二人には会えなかった」

「代わりに爺さんに会ってるじゃねえか。二人とも爺さんの配下だったんだぜ」

グランド・セヴンと呼ばれた七人の大海賊のうち実に四人が大海賊シェンブラックの部下だったのは知る人ぞ知る話だ。

ブルズアイジャック、特攻ランバルト、龍《ドラゴン》のセルバンテス、死神槍《デス・ランス》のルークの四人がそれだ。

「だいたい、あんた、セルバンテスにもルークにも会ってないだろうに」

「代わりに二人の船は見たぞ。戦いぶりもじっくり見せてもらった。わたしにはそれで充分だ。贅沢《ぜいたく》を言うなら、キャプテン・シェンブラックの船も見てみたかったが……」

「ちょっと大昔すぎるぜ。シェンブラック爺さんが海賊稼業から手を引いたのは——何年前だ？」

ダイアナが答えた。

「九三七年よ。——シェンブラックの《ブラック・スワン》が最後に確認されたのは」

実に五十五年も前の話なのだ。

豪傑アーヴィンの《スティンガー》。

死神槍《デス・ランス》のルークの《デス・キャバリー》。

龍《ドラゴン》のセルバンテスの《ドラゴネット》。

教授《プロフェサー》ロスの《ヒルデガルド》。

銀星《ぎんせい》ラナートの《シルヴァー・スター》。

特攻ランバルトの《アルベルティーナ》。

ブルズアイジャックの《ブルーライトニング》。

そしてシェンブラックの《ブラック・スワン》。

みんなミラン中佐が言った伝説の海賊たちだ。

「《ブラック・スワン》はいい船だったわよ」

ダイアナが突然そんなことを言ったものだから、操縦者は仰天《ぎょうてん》した。

「どうした。おまえが他の船を褒《ほ》めるなんて初めて聞いたぞ」

ジャスミンも真顔で言った。

「青天の霹靂《へきれき》だな」

「もちろん、わたしはどんな船より速く巧みに飛ぶ船ですけどね。そこは譲る気はないわよ。ただ——《ブラック・スワン》はわたしとはまったく性質《タイプ》の違う船だった。あの船は——人間が動かす船だった。——すばらしかったのは船体でも推進機関でも感応頭脳でもない。乗船していた人間たちだったのよ」

船と完全に一体となり、決して軽くはない船体を自由自在に操り、軍艦にさえ引けを取らなかった。

その勇姿をダイアナは今も覚えている。

「ケリー、あなたは一人でそれをやってのけている。でもね、《ブラック・スワン》の当時の乗組員数は三百人を越えていた。シェンブラックの一声でその大人数が船の生きた部品と化して寸分の狂いもなく、最大限に能力を発揮《はっき》して動く。——誤解しないでね、褒めてるのよ。計算でも理屈でもない、三百人もの意思が一つに収束して《ブラック・スワン》になる。神経接続回路も持ってないのに、人間にはどうしてあんなことができるのかって、本当に感心したの」

「わかってるよ」

ケリーは優しく言い、ジャスミンも微笑した。

「おまえにそこまで言わしめるとは、キャプテン・シェンブラックは比類のない船乗りだったんだな」

「そうでもないわよ。あなたのお父さんが比肩した。——シェンブラック自身がそう言ってたわ」

くすぐったそうに首をすくめたジャスミンだった。

「父がそれを聞いたら泣いて喜ぶぞ」

「それも違うわ。マックスは泣いたりしなかった。わたしが直接、彼に言った時もね」

そんな話をしている間に、《パラス・アテナ》の探知機の端に《フリーマン》が映るようになった。《フリーマン》の前方には船の一団がいるはずだ。

かなり速度を上げているので、もうじき外部灯の集団に追いつくだろう。

「そういやカトラスの《門《ゲート》》はこの辺りだったな。第四惑星までの航路のすぐ近くだ」

ケリーが言うと、ジャスミンは肩をすくめた。

「時代の変化を痛感させられるな。昔なら《門《ゲート》》の付近を通過する航路などあり得なかったぞ」

「どうせ使わないんだ。あっても邪魔にはならん。貨物船も護衛部隊も自分たちの足下に《門《ゲート》》があることすら知らないはずだぜ」

ところがだ。

自らの限界に挑戦するのが趣味であり命でもあるダイアナは探知機の性能を極限まで上げている。

気づいた途端、緊迫《きんぱく》した声で叫んでいた。

「カトラス《門《ゲート》》に共鳴反応！」

「何だと⁉」

ケリーは思わず叫び、ジャスミンも驚いた。

「——滅多に開かないはずじゃなかったのか⁉」

「そのはずだ！」

この《門《ゲート》》が開いている時間は平均して一分半。危険すぎて、まともな船なら当時も跳べなかった。

では、まともでなかったら？

背筋がぞわりと逆立つ気がした。ケリーは咄嗟《とっさ》に通信機を取り、《フリーマン》に緊急連絡を入れた。

「ミラン中佐！　そこから離れろ！」

応対した中佐は当然ながら戸惑い顔だった。

「いきなり何だ？」

「あんたから見て2時の方向に《門《ゲート》》がある！」

「《門《ゲート》》？」

「大至急離れるんだ！　何か来る！」

ケリーが叫んだ、その時だった。

《門《ゲート》》を跳躍して船が現れた。

一隻ではない。続々と跳躍してきた。

それらの船は跳躍前から攻撃態勢を取っており、貨物船の周囲に展開する駆逐艦に次々にミサイルを放ち、エネルギー砲撃を浴びせかけたのだ。


第361駆逐隊は完全に虚《きょ》を衝《つ》かれた。《門《ゲート》》が使用されなくなって久しい現在、《門》の共鳴信号を感知する探知機を積んだ船はまずない。

駆逐艦ももちろん搭載《とうさい》していない。

そして、対物防御と対エネルギー防御を同時に展開することは軍艦にもできないのだ。

《ミルフォード》も《ネイピア》も《バレット》も、船体にミサイルを食らい、エネルギー砲弾を浴びて、航行不能に追いやられた。撃破を免《まぬが》れたのは咄嗟に回避行動を取った《フリーマン》一隻だけだ。

それでも外装にかなりの深手を負った。

《パラス・アテナ》が飛び出した時には、海賊船は驚くべき手際の良さで次の行動に移っていた。

再びダイアナが叫ぶ。

「前方の船団にショウ跳躍《ドライヴ》反応！」

「獲物を置いて逃げる気か⁉」

「いいえ！　違う！　四隻の貨物船にも跳躍《ドライヴ》反応！　一緒に逃げる気よ！」

ジャスミンが顔色を変えた。

「まさか――貨物船内に内通者がいたのか⁉」

ケリーも唸った。

「四隻全部にいたか、でなきゃ外部操作だ！　感応頭脳を操ってやがる！　止めろ、ダイアン！」

「だめ！　間に合わない！　同じところに跳ぶのが精一杯よ！」

「上等だ」

ダイアナは貨物船のショウ駆動機関《ドライヴ》が示している跳躍点をぎりぎりで読み取り、ケリーが作動させた自らのショウ駆動機関にその座標を載せた。

無茶にも程がある。まさに『すべりこむように』、間一髪で跳躍に入ったのである。

こんな冒険はケリーにとっても初めてだった。

最悪の場合、通常空間に戻れない恐れすらある。ひやりとしたが、幸いにも、すぐに見慣れた宇宙空間が戻ってきた。

計器を見たジャスミンが叫ぶ。

「海賊、ここはまだカトラス星系内だぞ！」

跳躍を終えた《パラス・アテナ》の前に宇宙船がずらりと並んでいた。

四隻の貨物船の巨大な姿も見える。他に武装した大小の船が数えてみると八隻もいる。

完全に予想外だった。

トゥルークの海賊がこれほどの組織で、連邦軍に正面から戦いを挑むとは思ってもいなかった。

八対一だろうと負ける気はしなかったが、ここでダイアナが大きく喘《あえ》いだ。

「ケリー……何か変」

内線画面のダイアナが青ざめている。

「……変だわ。あの船の感応頭脳が摑《つか》めない」

「どの船だ？」

「全部よ、八隻全部。信じられないけど、わたしの干渉を受けつけない」

ジャスミンが腰を浮かせ掛けて、また戻した。

先制攻撃は有効な戦術だが、相手の正体が不明な状況では危険にもつながる。まずは向こうの出方を見るべきだと思ったのだ。

「いざとなったらクインビーで出る」

ジャスミンが静かに言った時、ダイアナが顔色を変えた。激しい驚きのような、忌まわしさのような、彼女らしくもなくひどく動揺しているような、長いつきあいのケリーが見た覚えのない表情だった。

「……向こうの船から通信よ。親分らしいわ」

「どこのどいつだって？」

「言いたくないわ」

「何？」

ダイアナの青い瞳《ひとみ》に稲妻《いなずま》が閃《ひらめ》くのが見えた。

彼女が人間だったら、生身の身体を持っていたら、激しい怒りに全身を震わせていたに違いない。

「わたしの口からは言いたくない。自分で話して」

通信画面が切り替わる。

映し出されたのは中年の男の顔だった。

やや目尻が下がっており、面長で肉付きがよく、一見すると整った部類に入るだろう。人によっては男ぶりがいいと言うかもしれない。だが、にやりと笑った下がり気味の目尻、ぽってりと赤い口元には油断のならない下卑《げび》たものがある。

「おまえ、よくついてきやがったじゃねえか」

「そっちこそ連邦軍を相手にずいぶん派手な真似をしてくれるじゃねえか。どこの親分さんだい？」

男は不敵に笑ってケリーを見下ろした。

「教えてやる。俺たちはシェンブラック海賊団だ。俺様が海賊団長の二代目シェンブラック。俺の船は《ブラック・スワン》二世号ってわけだ」

息を呑《の》んだケリーだった。

ダイアナが『言いたくない』と拒否した心持ちを誰よりも正しくケリーは理解した。

たとえ口が裂けても（機械の彼女に口はないが）、

「《ブラック・スワン》から通信よ」

などとは――ダイアナは言いたくなかったのだ。

その想いはケリーもそっくり同じである。

どこの馬の骨ともわからぬ下賤の輩《やから》があの偉大な海賊の名を騙《かた》り、その持ち船の名を、おぞましくも誇らしげに自分の船に与えている。

「言っておくが、俺だけじゃないぜ。ここには全員揃ってるんだ。荒っぽいことをやらせたらピカ一の《スティンガー》の豪傑アーヴィン。たっぷり血を浴びる仕事なら任しとけの《デス・キャバリー》の死神槍《デス・ランス》のルーク。不細工でごっつい岩男の《アルベルティーナ》の特攻ランバルト。逆にすげえ色男の《シルヴァー・スター》の銀星ラナート。博打命でやりすぎるのが玉に傷の《ブルーライトニング》のブルズアイジャック。三度の飯より酒が好きなのは《ドラゴネット》の龍《ドラゴン》のセルバンテス。頭の良さは本物の教授も真っ青、天才の《ヒルデガルド》の教授《プロフェサー》ロス。——どうだい、すげえだろう」

その連中の顔が画面に映し出されなかったことを心の底からありがたいとケリーは思った。

聞いているだけで耳が汚れそうだ。

「つまり俺たちは二代目グランド・セヴン、いいや、俺の船も入れてグランド・エイトってわけさ」

ケリーの沈黙を感心しているとでも思ったのか、自称二代目シェンブラックは得意げに話している。

「ちょうどいい。海賊王《キング》が抜けてるんだ。おまえ、なかなかの腕のようじゃねえか。ご褒美に俺たちの仲間に入れてやってもいいぜ。その名も二代目海賊王としてな。どうだい、悪い話じゃねえだろう」

ケリーの顔から表情が消えていた。

地雷を踏むという言葉がある。

逆鱗《げきりん》に触れるに準ずる意味で使われる言葉だが、地雷どころの騒ぎではない。核戦争の開始ボタンが押されたに等しいのだということをこの馬鹿はまだ知らなかった。

あとがき

この頃は、一冊で完結する読み切り形式の話を書いていました。

そうしますと、一冊で終わるのが安心というご意見をいただく反面、たまには続き物の話も読みたいですという感想をちらほらいただくようになりました。

久しぶりにやってみましたが、やはり勝手が違いますね。

何より新しい人が何人も登場するので（というより、ほとんど新しい人です）なかなか面食らいましたが、それ以上におもしろく、楽しみながらの作業になりました。

——と、終わってしまえば言えるのですが、作業真っ最中の己の姿を思い出しますと、眼も当てられない醜態《しゅうたい》です。しかも、年々悪化しつつあるようです。

どうしてもうちょっと手際よく、効率よくできないのか……。

なんでこんなに人さまに迷惑を掛けまくるはめになってしまうのか……。

遠い眼で星を見上げたくなりますが、一番の被害者である担当さんが哀れむように、

「茅田さん。それはもう、あきらめましょうよ」

と言ってくださいますので……次こそは、ああ次こそはと思うことに致します。

今回、困ったのがご両親の顔の刺青《しせい》でした。

どうも自分は文字畑の人間のせいか、実際に色を塗られてみないと、ピンと来ない鈍い人間のようでして（汗）、色合いにこだわってくれた理華《りか》さんに心から感謝します。

口絵のイラストを見た時は「おお！」と感服致しました。

さすがです、理華さん！。

それにしても、こんなタイトルだというのに肝心《かんじん》の海賊がなかなか出てきてくれなくて、いつものことながらひやひやしました。

書けども書けども、どうしてもお坊さんの話になる……。

またしても作者の悪い癖《くせ》が出て『看板に偽りあり』になってしまうかと焦《あせ》りましたが、最後の最後でようやくちょこっと出てきてくれましたので、一安心です。

しかしながら、この続きはしばらく先になりそうです。

九月はまた『もものき事務所』の予定です。

今度は短編集にしようと思っています。登場人物が五人なので、一人につき一本の話を書けたらおもしろいかなと……。

よろしければ、そちらもご覧になってみてください。

茅田砂胡

ご感想・ご意見をお寄せください。

イラストの投稿も受け付けております。

なお、投稿作品をお送りいただく際には、編集部
(tel:03-3563-3692、e-mail:mail@c-novels.com)

まで、事前に必ずご連絡ください。

C★NOVELS Fantasia

トゥルークの海賊《かいぞく》1

2012年7月25日　初版発行

著者　茅田《かやた》砂胡《すなこ》
発行者　小林敬和
発行所　中央公論新社
〒104-8320　東京都中央区京橋2-8-7
電話　販売 03-3563-1431　編集 03-3563-3692
URL http://www.chuko.co.jp/

DTP　ハンズ・ミケ
印刷　三晃印刷（本文）
大熊整美堂（カバー・表紙）
製本　小泉製本

Published by CHUOKORON-SHINSHA, INC.
Printed in Japan　ISBN978-4-12-501208-7 C0293

応募規定

❶プリントアウトした原稿、❷表紙＋あらすじ、❸エントリーシート、❹テキストデータを同封し、お送りください。

❶プリントアウトした原稿
「原稿」は必ずワープロ原稿で、40字×40行を1枚とし、90枚以上120枚まで。

※プリントアウトには通しナンバーを付け、縦書き、A4普通紙に印字のこと。感熱紙での印字、手書きの原稿はお断りいたします。

❷表紙＋あらすじ（各1枚）
表紙には「作品タイトル」と「ペンネーム」を記し、あらすじは800字以内でご記入ください。

❸エントリーシート
C★NOVELSドットコム[http://www.c-novels.com/]内の「C★NOVELS大賞」ページよりダウンロードし、必要事項を記入のこと。

※❶❷❸は、右肩をダブルクリップで綴じてください。

❹テキストデータ
メディアは、FDまたはCD-ROM。ラベルにペンネーム・本名・作品タイトルを明記すること。必ず「テキスト形式」で、以下のデータを揃えてください。
ⓐ原稿、あらすじ等、❶❷でプリントアウトしたものすべて
ⓑエントリーシートに記入した要素

応募資格

性別、年齢、プロ・アマを問いません。

選考及び発表

C★NOVELSファンタジア編集部で選考を行ない、大賞及び優秀作品を決定。2013年2月中旬に、C★NOVELS公式サイト、メールマガジン、折り込みチラシ等で発表する予定です（一次選考通過者には短い選評をお送りします）。

注意事項

●複数作品での応募可。ただし、1作品ずつ別送のこと。
●応募作品は返却しません。選考に関する問い合わせには応じられません。
●同じ作品の他の小説賞への二重応募は認めません。
●未発表作品に限ります。ただし、営利を目的とせず運営される個人のウェブサイトやメールマガジン、同人誌等での作品掲載は、未発表とみなし、応募を受け付けます（掲載したサイト名、同人誌名等を明記のこと）。
●入選作の出版権、映像化権、電子出版権、および二次使用権など、発生する全ての権利は中央公論新社に帰属します。
●ご提供いただいた個人情報は、賞選考に関わる業務以外には使用いたしません。

締切

2012年9月30日（当日消印有効）

あて先

〒104-8320 東京都中央区京橋2-8-7
中央公論新社『第9回C★NOVELS大賞』係

（2011年9月改訂）

主催・C★NOVELSファンタジア編集部

茅田砂胡の本

天使たちの課外活動

1 天使たちの課外活動

リィとシェラは、ルウに一緒に課外活動を始めようと誘われた。しかし——存在だけでも目立つのに、「一般市民」を装う金銀黒天使がかかわって平穏にすむはずもなく……。新シーズン開幕。

2 ライジャの靴下

リィたちは『困ったときはご相談ください』という大雑把な課外活動を始めた。そこへさっそく依頼を持ち込んだのはライジャで、どこの誰ともわからない相手を捜せというものだった……？

イラスト／鈴木理華

イラスト／睦月ムンク